蛇さん王子のいきすぎた溺愛《できあい》

登場人物紹介
フェルナンド
ジグリア王国の王子。
龍の血を飲み力を得たという
祖先の力を
色濃く受け継ぎ、
龍に変身できると
噂されている。
イリス
ラングレー伯爵家の令嬢。
父と兄に溺愛され
ほぼ屋敷の中で暮らしている。
自宅の庭に遊びに来る
動物と仲良し。
蛇さん
ラングレー邸の庭に
遊びに来る蛇。
イリスの親友。

ビアンカ
ジグリア王国の女騎士。
かつてフェルナンドと
関係があったようで——!?
ラングレー伯
イリスの父。
娘を愛する、穏やかな人物。
ルッツ
セシリオの後輩騎士。
イリスのことが
気になっている。
セシリオ
イリスの兄。
優秀な騎士だが、
妹離れができない。

目次

蛇さん王子のいきすぎた溺愛《できあい》

第一章　蛇さん、伯爵令嬢を食べる

屋敷を抜けて外に出たイリス・ラングレーは、春のうららかな陽気に目を細めた。

暖かな空気と共に、庭で咲き始めた花たちの匂いを吸い込んで、奥を目指す。

キョロキョロと垣根の間を注意深く見て回りつつ歩くのは、数少ない彼女の友達を探しているためだ。

「蛇さ〜ん？」

鈴の音のような可愛らしい声で呼ぶと、彼女の数歩先の茂みが揺れた。

イリスは頬を緩《ゆる》め、小走りに駆け寄る。

そこには、小さな蛇が顔を出していた。

深い緑と茶色が交ざった模様に、金色に輝く大きな目。ちろりと見え隠れする舌は真っ赤で、イリス以外の人間には不気味にも見えるだろう。

けれど彼女は、にっこりと笑った。

「蛇さん、こんにちは。今日も来てくれたのね。嬉しい」

そっと手を差し出す。すると蛇が彼女の指先に口付けるような仕草をした。

ツン、とその口先の冷たさを感じた後、ぬるりと湿った感触がイリスの腕を這《は》う。

「ふふ。くすぐったい」

普通の娘なら怖がって叫んだり逃げたりするところを、彼女は自分の腕に巻きつく蛇を嬉しそうに見つめた。

イリスはジグリア王国に古くから続く伯爵家の令嬢で、両親と歳《とし》の離れた兄に過保護に育てられた。

その溺愛《できあい》ぶりは激しく、彼女はほぼ毎日を屋敷の中で過ごし、数少ない外出には必ず兄か父がついてきた。

けれど、父は仕事で留守にすることが多く、兄も王国騎士団に勤め始めてからは基本的に城で生活しているため、結局イリスは一人になってしまう。母は屋敷にいるものの、彼女も父と兄に守られており、自室にいるとき以外は、父と一緒にいる。

母は元々屋敷内でのんびりと過ごすのが好きらしいのでいいが、イリスは外の世界にも興味があった。

しかし、勝手な外出は許されていない。だから彼女は、専《もっぱ》ら敷地内の庭園で遊ぶのを楽しみにしているのだ。

そんな彼女の友達の大半は、庭に迷い込んでくる小動物たちである。

〝蛇さん〟はその中の一匹で、イリスの一番の親友だ。

なぜなら、彼——イリスが勝手にオスだと思っている——は他の動物とは違う。

「蛇さん、私、明日の夜、王城のパーティに参加することになったのよ！」

イリスは頬を紅潮させ、興奮気味に話しかけた。

彼女の肩まで辿り着いていた蛇は、首を上下に動かし、まるで頷いているかのような仕草をする。

「だからね、明日はここへ来てはダメよ。見つかったら大変だもの」

そう言うと、蛇はまた顔を上下に動かし、チロッと細い舌を出してみせた。「わかっている」と言いたいらしい。

——そう。蛇はイリスの言葉を理解しているようなのだ。

庭園にいるたくさんの友達の中で彼女の言葉がわかるのは彼だけだ。

同じ歳頃《としごろ》の娘と交流する機会があまりなく寂しい思いをしているイリスにとって、会話ができる唯一の友達といってもよかった。

庭師に歓迎される存在ではない庭の友達は、いつのまにか追い払われてしまうことがある。

そうならないよう、いつもイリスは彼らに抜け道を教えたり、隠れ家を用意したりしているのだが、なかなかどうして彼女の言うことを聞いてくれない。

だが、蛇だけはイリスの言いつけを守ってくれる。

その上、季節によって会いにこなくなる動物が多い中、蛇は一年ほど前の出会いから今まで、ほとんど間をあけずに来てくれた。

寒さに弱い蛇とは冬には会えないだろうと思っていたが、彼女の予想に反し、彼は冬でも定期的に庭に訪れたのだ。

イリスはますます、蛇を好きになっている。

寒い中自分に会いに来てくれる蛇に感謝を込めて、マフラーをプレゼントしたこともあった。

『蛇さん、今日は貴方にプレゼントを用意したの。いつも仲良くしてくれるお礼よ。あっ、少し待って』

いつものように自分の手に乗ろうとする蛇を制し、イリスは手にしていた小さな毛糸の塊《かたまり》を広げてみせる。

『マフラーよ。首に巻くものなのだけれど、知っている？』

蛇はイリスの手のひらのマフラーを口先でツンと突《つつ》き、ぐっと身体を伸ばして首（？）を差し出すようにした。マフラーの用途もしっかりわかっているみたいだ。

『この辺が首かしら？』

イリスは蛇の顔の少し下のほうにマフラーをそっと巻きつける。すると、緩《ゆる》すぎたのか、マフラーは肩のない蛇の身体をするすると抜け落ちてしまった。

『まぁ……！』

マフラーを巻けない事態は予想していなかった。手袋や靴下は手足がない彼には無理だが、マフラーならば……と思ったのに。

イリスが落胆していると、蛇はマフラーを咥《くわ》えてイリスのほうへ差し出してくる。

それを受け取ると、彼は再びぐぐっと背伸びをした。

もう一度巻いてほしいということらしい。

『でも……あまり強く巻くと……』

――首を絞めることになる。

イリスは迷ったが、蛇が何度も頷くので、もう一度挑戦することにした。

ふわりと彼の身体に巻きつけ、今度はやや強めに結んでみる。しかし、ギュッとマフラーの両端を引っ張った途端、蛇の金色の目がまん丸に見開かれて赤い舌が口から飛び出た。

『へ、蛇さん！』

イリスは慌ててマフラーを解こうとした。けれど、蛇は身体をくねらせて彼女の手から逃れてしまう。そのまま器用に彼女の手に乗って、腕を伝い肩へ上がった。

『蛇さん、苦しかったら……』

心配そうなイリスの頬をツンと突《つつ》き、じっと彼女を見つめる蛇。彼女の肩の上で丸まって、マフラーに顔を埋めるような格好になった。

目を細めてぬくぬくと温まっているような表情に、イリスはホッとする。

『気に入ってくれたの？』

その問いに、蛇がゆったりと目を開けて顔を上下に振る。満足そうな彼の様子に、イリスも頬を緩《ゆる》めたのだった。

ところが、次に会ったときの蛇の首には手編みのマフラーは巻かれていなかった。それは少し残念に思っている。

やはり首が絞まって苦しかったのでは、とイリスはちょっと後悔もした。

しかし、嬉しそうにしてくれていたのは確かだし、イリスの言葉を理解するほどの珍しい蛇だ。

もしかしたら、寒さに強い特別な種類でもあるのかもしれない、と考えていた。

新種ならば大発見だが、家族や庭師に教えるとどこかへ連れていかれてしまうかもしれないため、自分だけの秘密にしている。

とにかくイリスは、蛇が会いに来てくれることに舞い上がり、彼を特別な存在だと感じていた。

「お城ってどんなところなのかしら？　蛇さんは行ったことがある？」

そうイリスが問うと、蛇は頭を上下に動かした。

さすがに蛇が喋《しゃべ》り出すことはなく、いつもイリスが喋《しゃべ》り、蛇が何かしら相槌《あいづち》を身体で表現する形になる。

「まぁ……！　そうなの？　じゃあ、フェルナンド王子にもお会いしたことがあるかしら？　私は初めてお会いするから、緊張しているの」

イリスが本物の王子を見たことは、ない。

通常、貴族の娘は十八歳になると、王城で開かれるパーティに招待される。彼女は今年、十八歳になったばかりで、つい先日王城から招待状が届いたのだ。

屋敷からほとんど出たことがないイリスは、初めて出席を許されたパーティを控《ひか》え、興奮を隠しきれず、天にも昇る気持ちでいた。

イリスの火照《ほて》った頬を蛇がツンツンと顔で突《つつ》く。彼の金色の瞳はじっと彼女を見つめていた。

心配要らないと励ましてくれているのだろう。

「ありがとう。そういえば、お兄様に『フェルナンド王子は遊び人だから気をつけろ』と言われたわ。王族の方々はご公務でお忙しいのに、遊んでいるだなんて失礼よね？」

招待状が届いたときの兄の恐ろしい形相《ぎょうそう》を思い出し、イリスはため息をつく。

父も言葉を濁《にご》していたし、せっかくのイリスの社交界デビューなのに喜んでくれていない様子だった。

彼女がうまく振る舞えないかもしれないと心配したのだろうが、いつまでも子供扱いされるのは悲しい。

俯《うつむ》く彼女に、蛇がチロチロと舌を出しつつ身体をくねらせている。そのままイリスの首にゆるりと巻きついて頭を擦《こす》り付けた。その舌が肌を掠《かす》める。

くすぐったさにクスクスと笑うイリスの首周りを這《は》い、蛇は身体半分を立たせて彼女と視線を合わせた。

「ふふ。蛇さんもそう思う？　ジグリア王国の建国の歴史を学べば、ご先祖様の功績は素晴らしいとわかるのよ」

イリスが住むジグリア王国は、何千年もの歴史を誇る国だ。

王政ではあるが、貴族院など議会がしっかり整備され、国民の意見が反映されやすくなっている。外交面でも大きな問題はなく、国を守る騎士や魔術師は統制がとれていた。ここ数百年、平和な日々が続いている。

昔々は、ジグリア王国がある大陸には、たくさんの小国が存在し、小競り合いを繰り返していた。

それらを統一し、王国を建国したのが、今の王家の始祖——〝龍王〟と崇《あが》められている英雄だ。

龍王という名は、大陸の争いを止める力を得るために、彼が龍の血を飲んだとされることに由来する。

つまり、ジグリア王国の王族は龍の血を受け継いでいるのだ。

そのため、王家の者は龍に変身できるという言い伝えまであった。

イリスは実際に彼らが龍に変身するところを見たことがないから、それがどんな魔法なのかはわからない。けれど、今代の王子であるフェルナンドは本当に龍になれるのだそうだ。

「今、この国が平和なのも、フェルナンド王子や国王様が私たち民のために尽力してくださっているからなのにね」

龍王の誇りを忘れず、国をまとめあげ、建国後も幾度となく訪れた危機を乗り越えた王たちのおかげで、今のジグリア王国の平和がある。

現国王のパトリスは、歴代の王の中でも英明な君主と評判だ。

その一人息子であるフェルナンド王子も、最近は領地の視察などに精を出しているという。特にここ一年は頻繁に地方へ視察を行い、将来国を治めるときのために国民のことを知ろうとしているようだと、イリスの家庭教師が随分褒めていた。

だから彼女は、自分の住む国を守ろうとしてくれる王子をとても尊敬している。

兄は王国騎士団に勤めており、王子の警護を任されているので、身近でそれを感じているはずだ。

それなのに一体どうしてフェルナンド王子を遊び人だと思うのか。彼女には見当もつかない。

イリスの言葉を聞き、蛇が彼女の鼻にツンと口を近づけた。彼女の言葉を肯定してくれているように見える。それから、彼女の肩と腕を伝って地面に下りた。

「もう行ってしまうの？」

まだ少ししか話していない。

名残惜《なごり》しそうなイリスに向かって、蛇は頭を下げた。「失礼する」と言っているみたいな仕草に、彼女が落胆した、そのとき――

「イリス様ー！」

ちょうどイリスを呼ぶ使用人の声が聞こえ、彼女は慌てて立ち上がった。

蛇との密会現場を見つかってしまうのは困る。

「ごめんなさい、蛇さん。私も行かないといけないみたいだわ。また来てね」

イリスが手を振ると、蛇もにょろにょろと茂みの中へ戻っていく。

それを見届けて、彼女は声のほうへ急ぎ歩いた。

＊＊＊

パーティ当日。

今夜のために仕立てた薄緑色のドレスを着て、イリスは父と兄にエスコートされ王城へやってきた。

社交界デビューということで、大人っぽいデザインにしてもらったドレスの仕上がりには、とても満足している。

大胆に露出したデコルテに映《は》える、黒いレースと刺繍《ししゅう》。同じく黒いチョーカーで艶《あで》やかな雰囲気を出しつつ、スカートは五段フリルで可愛らしさも忘れていない。

長い金色の髪はアップにして、真珠をちりばめてもらった。

兄も父も「よく似合っている」と褒めてくれたのだが、すぐに怖い顔になってパーティでは一人にならないよう注意してきた。

今も――

「いいかい、イリス。パーティを抜け出す誘いに乗ったり、たくさんお酒を飲んだりしてはいけない」

兄のセシリオが、パーティ会場の入り口で彼女の肩を掴《つか》んで諭《さと》す。

もう何度、この小言を聞いただろう。

イリスと同じ金髪碧眼《きんぱつへきがん》の彼は、端整な顔を鬼のように歪《ゆが》めてイリスに迫る。

龍の紋章の入った紺色《こんいろ》の詰襟《つめえり》に長いマントを靡《なび》かせ、腰には剣を佩《は》くといった王国騎士団の制服で身を固めている彼は、どうやら急に夜の警備を任されたらしい。

自分がイリスについていけないとわかってから、ずっと同じ言葉を繰り返していた。

「ええ、わかっています。お兄様、それを仰《おっしゃ》るのはこれで二十四回目よ」

「何度でも言う！　男は狼だ。ついて行けば、すぐに食べられてしまうんだぞ⁉　わかったな、イリス。くれぐれも気をつけてくれ。誰であっても、どんな肩書きであっても、男は信用してはいけない」

イリスが若干うんざりした様子なのに気づいていないのか、セシリオはさらに捲《まく》し立てる。

「ああ……俺が今日の夜警を休めれば良かったんだが……あの腹……子め……イリスを……したら許さん」

最後はブツブツと小さな声で言うものだから、よく聞こえない。

イリスはため息をついて首を緩《ゆる》く横に振った。

「お兄様、これも何度も申し上げていますが、残念ながら狼さんはパーティに招待されませんわ」

「狼さん……イリス、狼というのはたとえであってだな、食べられるのは……。あー、その……男がだな、あああ……！」

セシリオが頭をガシガシと掻《か》いて言葉を濁《にご》した。

「まぁ良い。セシリオ、もう任務に就いたほうがいいだろう。イリスには私がついているから安心しなさい」

何やら一人で葛藤《かっとう》している兄に苦笑し、隣に立っていた父——ラングレー伯が彼の肩を叩いた。

彼はパーティのために飾りのついたジャケットを羽織《はお》ってはいるが、その下はシャツにベストというといういつもとあまり変わらない装《よそお》いだ。白髪《しらが》交じりの茶髪を撫《な》でつけているのも、普段仕事に出るときと同じだった。

見るからに穏やかで優しそうな初老の紳士である。

「父上……」

セシリオの縋《すが》るような視線に頷いて、彼は娘の背に手を添える。

「さぁ、イリス。行こうか」

「はい、お父様」

「イリス！　本当に気をつけるんだぞ！」

そんな二人の背に向かってセシリオが叫んだ。

戦場に行くわけでもあるまいし、一体何をそんなに気をつけることがあるのだろう。まったくわからない。

イリスは首を傾げた。

そもそも森に住む狼が、こんな城の中にいるわけがないのに。

兄の心の内など露知《つゆし》らず、彼女はわくわくとパーティ会場へ進む。

純真無垢《じゅんしんむく》な妹に男女のあれこれを教えるべきか迷う兄の心配そうな視線には、当然気づかなかった。

パーティはイリスが想像していたものより、さらに華やかでキラキラした催《もよお》しだった。

こんなにたくさんの人々の中に身を置いたことがなかった彼女には、すべてが新鮮に感じられる。

シャンデリアは家にあるものよりも輝いて見えるし、聴こえてくる音楽もコンサートのそれとは違う。

大勢の招待客のために作られた料理も豪華で、乾杯のときに一口だけ飲ませてもらったお酒はとても美味しかった。

そして自分と同じ歳頃《としごろ》の娘たちのドレスを眺めるのも楽しい。

何より驚いたのは、フェルナンド王子の姿だ。

紺色《こんいろ》の龍の紋章が刻まれた正装に身を包む彼は、この場の誰よりも凛々《りり》しい。特徴的な三白眼《さんぱくがん》の瞳は金色で力強く、目元の黒子《ほくろ》が印象的だ。柔らかそうなこげ茶色の髪は思わず触りたくなるほどだった。

彼は今、上位貴族に囲まれ、穏やかに談笑している。ときおり真剣な顔になるのは、政治向きの話をしているからだろうか。

さすが王子と言うべき、遠目にも風格のある立ち姿に、イリスは思わずため息を零《こぼ》した。

優しさと厳しさを兼ね備えた、まさに理想の男性といった完璧なフェルナンド。

イリスは自然と彼を目で追ってしまう。

（素敵……）

まるで、御伽噺《おとぎばなし》に出てくる王子様みたいだ。屋敷で何度も読み込んだ、王子と姫の物語が思い出される。

他の令嬢たちも、直接声をかけることこそしないが、ぽぅっと熱い視線を送っていて、フェルナンドがみんなの憧れであることがわかった。

眉目秀麗《びもくしゅうれい》で、国のことを考え、国民を守ってくれる王子様なんて、非の打ち所がない。

「イリス、少し挨拶回りに……」

王子に見惚《みと》れていた娘の肩に、父の手がそっと置かれる。イリスはハッとして、すぐに頷いた。

「はい。参りましょう。お父様のお仕事の――」

「イリス！」

そのまま父についていこうとしたイリスは突然、左手を握られた。目を丸くして振り返る。

そこには、さっきまで離れた場所で談笑していたフェルナンド王子がいた。

背が高く細身で、表情はとても優しい。近くで見るとますます圧倒されるが、相手を威圧するようなものではなく、上品な王族の雰囲気が滲《にじ》み出ていた。

周囲の人々は、王子である彼が公《おおやけ》の場で特定の女性に声をかけたということに驚いているようだ。目を瞬《またた》かせて二人の様子をうかがう人や、ひそひそと囁《ささや》き合う人、訝《いぶか》しげにイリスを見る人もいた。

衆人環視の中、フェルナンドは堂々とイリスに笑いかける。

「イリス、やっとここで会えた！　来てくれてありがとう」

「え……あの、ご招待いただき、ありがとうございます」

イリスは王子が自分の顔と名前を知っていることに戸惑いながらも、招待してくれたお礼を述べた。

この会場にいる誰ともまだ面識はないはずなのだけれど、もしかしたら、父がイリスのことを話しているのかもしれない。

「この日を待っていたんだ。イリス」

きらきらと輝くような笑みを浮かべ、フェルナンドはイリスの左手を持ち上げた。

そしてその場に膝をつき、彼女の手の甲にちゅっとキスをする。

「僕と結婚してください」

「え……？」

イリスの困惑は、会場のどよめきに掻《か》き消えた。

フェルナンドは満面の笑みで彼女を見上げ、さらに続ける。

「僕は君を妻にしたいんだ、可愛いイリス」

イリスはあまりに衝撃的な出来事に固まってしまい、ただその場に立ち尽くした。

彼女の隣では父が真っ青な顔をしてわずかにふらつく。

——僕と結婚してください。

イリスの聞き違いでなければ、フェルナンドはそう言った。

彼は跪《ひざまず》いたまま、ほほ笑みを崩してない。

周りの人々は王子の唐突な求婚に好奇の目を向けている。

そんな驚きと困惑から一早く回復したのは、ラングレー伯だ。

「お、恐れながら、イリスはフェルナンド様の伴侶《はんりょ》となるには未熟かと存じます。このような場にも今夜初めて連れ出しましたので、世間を知りません。王家に嫁げるだけの器量はとても——」

そこまで口にしたところで、フェルナンドに遮《さえぎ》られた。

「イリスは優しく、何に対しても平等だ。僕の妃、そして王家の一員としてこの国の民を守る器量は十分にある」

彼は綺麗な所作で立ち上がり、娘を守ろうとする父に爽《さわ》やかな笑顔を向ける。

その手はイリスの左手を握ったままだ。

イリスの意識はやや冷たい彼の手のひらに集中する。異性に触れられるのが初めてだからなのか、なんだか落ち着かない。

「しかし、フェルナンド様は娘のことをご存じないでしょう。失礼を承知で申し上げますが、この子の容姿だけを気に入られたというのならば、父親として認めるわけには参りません」

最初こそ遠慮がちだったラングレー伯だが、溺愛《できあい》する娘をどうにか守ろうと次第に口調が強くなる。

ラングレー伯爵家がいかに建国からの忠義を誇る家門といえど、王子の求婚を断るとは豪胆な、とその姿を見た周りの者たちは慄《おのの》く。

もっとも歳頃《としごろ》の娘を持つ父親たちは同じ気持ちらしく、拳《こぶし》を握ってラングレー伯の言葉に何度も頷いていた。

それには理由がある。

イリスは知らないことだが、フェルナンド王子の女癖はお世辞にも良いとは言えなかったからだ。

そんな伯爵の気持ちに王子は気づいているらしく、言い募《つの》る。

「僕の過去の行いを言っているのなら、それは認めざるを得ない。でも、今は違うよ。僕はイリスを愛している。『遊び人』はとっくにやめた。それは皆も知っていると思ったけど」

彼は周囲を見渡し、眉を下げた困り笑いで両肩を上げた。

「それに、イリスと僕は初対面じゃないよ。ね、イリス？」

「えっ？」

王子に繋がれた手をぼんやりと見つめていたイリスは、急に話を振られてビクッと肩を跳ねさせた。

まずい。よく話を聞いていなかった。

「イリス、それは本当か？」

父の真剣な表情に、怒られているみたいな気分になる。

フェルナンドも金色の目を細めて自分を見ていて、そわそわしてしまう。

優しい笑顔のはずなのに、その金の瞳から放たれる強い視線に射貫かれると、何とも言えない気持ちになるのだ。

「え……ええ……？　その……」

周囲の注目の中、「何がですか？」なんて聞き返すのは憚《はばか》られる。イリスはとりあえず曖昧《あいまい》に返事をしてみた。

しかし、緊張と困惑で声のトーンがおかしくなる。

それを肯定の「ええ」だと受け取ったラングレー伯が、汗の滲《にじ》む額《ひたい》に手を当てて再びふらついた。

「お父様！　大丈夫ですか？　しっかり……」

イリスは父の身体を支えようと手を差し伸べる。近くにいた若い男性がそれを助けてくれた。

そんな中、クスッとかすかな笑い声が聞こえる。イリスが振り返ると、フェルナンドがぺろりと唇を舐《な》めていた。

その真っ赤な舌の先端が割れているように見えたのは、見間違いだろうか。

「ほら。僕の言った通りでしょう？　僕たちは密かに逢瀬を重ねて愛を育《はぐく》んでいたんだ。お父上とセシリオが心配するから言いにくかったんだよね？　イリス」

ぐいっと腰を引き寄せられ、あっと思った瞬間には、彼女はフェルナンドの腕の中に閉じ込められていた。

彼の手が頬に添えられ、指先でツンと柔らかな感触を確かめられる。それから薄い唇が彼女の鼻先を掠《かす》めた。

「君に口付けをすると、幸せな気分になるんだ。抱き合えば温かくて気持ちいいし……僕はもうイリスに包まれることしか考えられない」

「抱きっ――!?」

「お父様！」

フェルナンドがうっとりした表情でイリスの腰を撫《な》でつつ言うと、とうとうラングレー伯は悲鳴のような声を上げて崩れ落ちた。

周囲の人々は、顔を真っ赤に染めて俯《うつむ》いたり、咳払いをしたりしている。

一方のフェルナンドは落ち着き払った態度で、近くにいた従者を呼んだ。

「これは大変だ。気分が悪くなったようだから、客室に案内させよう」

「どうしましょう。お父様、お兄様をお呼びして――」

「大丈夫。イリスは心配しないで」

状況を把握しきれないイリスは、おろおろするばかりだ。とにかく父に駆け寄ろうとするが、フェルナンドに阻《はば》まれた。

彼は腰から手を離してくれない。

「あ、あの、私も父と一緒に――」

「ゆっくり休むには、一人にして差し上げたほうがいいだろう。少しお酒に酔ったのかもしれないよ。君も、今日は城に泊まっていくといい」

イリスの手を取りその指先に口付けると、フェルナンドは彼女の手を引いて歩き出す。

「時間はたっぷりある。せっかくこうして会えたんだ。ゆっくり思い出を語り合おう」

そう言われても、イリスの頭の中は疑問符だらけだ。

お酒に酔ったのかもしれないとフェルナンドは言うけれど、父はまだ乾杯の一杯しか飲んでいない。その程度の量で酔う人ではないので、ほかに原因があるはずだ。

それに、密かに逢瀬を重ねたり、口付けをしたり抱き合ったりしたと彼は言ったが、イリスにそんな記憶はなかった。

彼女の社交界デビューは今夜で、始まったばかり。男性に口付けをされたこともなければ、抱擁《ほうよう》されたこともない。そもそも、家族や使用人以外の人と話をしたことすらほとんどないのだ。心当たりは皆無《かいむ》と言ってよかった。

フェルナンドにキスをされ、抱きしめられ、求婚されたのは、まさについ先ほどだ。だから、思い出というのは間違っている。

彼は何か勘違いをしているのはないだろうか。

フェルナンドに促《うなが》されパーティ会場を出てしまったものの、イリスは彼女なりに情報を整理したうえで、遅ればせながら彼に声をかけた。

「あの！」

静かな城の廊下は、思いのほか大きく声が響く。

強い風の音が聞こえてチラリと窓の外を窺《うかが》うと、広大な城の敷地が見えてドキッとした。

昼間とは違う暗く静かな場所は、なんだか怖い。

その光景に、ふと兄が狼の心配をしていたことを思い出す。

あれは、この庭のことだったのかもしれない。

城の近くには確かに山があるし、そこから下りてきて森に似た広大な敷地に迷い込む、なんてことがないとは限らないと思う。

イリスは本物の狼に会ったことがないため、彼らと友達になれるかどうか、自信がなかった。

屋敷の庭園に来る動物の中にも、イリスに心を開いてくれる子とそうでない子がいる。

もし、狼が人間を食べようとしたら、どうすればいいだろう。

イリスはそこまで考えて、身体を震わせた。

「どうしたの？」

自分を呼び止めたきり黙り込んだイリスを振り返り、フェルナンドが問う。

「あ……申し訳ありません。実は私、フェルナンド様の仰《おつしや》ったことに心当たりがありません」

想像の狼に怯《おび》えていたイリスは、王子の柔らかな声に安心した。気持ちを切り替え、ちゃんとお話ししなければと意気込む。

「その、人違い……ではないでしょうか？　先ほど父も申しました通り、私がパーティに参加するのは今夜が初めてです。屋敷から出る回数も多くはありませんし、同じ歳頃《としごろ》の男性にお会いする機会なんてほとんどありませんでした。フェルナンド様とも初めてお会いします」

それに、パーティ会場を出てきてしまったのは良くないことだ。

相手が誰であろうと、外に行こうという誘いに乗ってはいけないと、セシリオが言っていた。

「あの、お話ならパーティ会場でいたしませんか？　フェルナンド様が不在では、皆さんも残念がるでしょう。それに、外は暗くて危ないですわ。狼さんが出るかもしれないと、兄が言っておりましたの」

狼が出たら怖いし、王子のフェルナンドを危険な目に遭《あ》わせるわけにはいかない。

「狼？」

フェルナンドが片眉を上げて不思議そうな声を出す。

「はい。狼さんは、兄が言うにはオスなのですけれど……お友達にはなれず、私たちは食べられてしまうかもしれないのです……！」

本当は右から左へ流してしまっていたセシリオの小言を懸命に思い出しつつ、イリスは説明する。

けれど、フェルナンドはその話を聞いてプッと噴き出した。

「イリス、セシリオが言いたかったのは、男は狼みたいなものだから気をつけろ、ということじゃないかな?」

「男性が?　食べる?」

イリスはきょとんとして首を傾げる。

確かに兄は「男は狼だ」と言っていた気がする。けれど、そうなると「食べられる」という部分の説明がつかない。

イリスが女だから知らないだけで、男は人間を食べてしまうことがあるのだろうか。

「食べられてしまうっていうのは、男に襲われることを表現しているんだよ」

考え込んでしまった彼女を見て、フェルナンドが付け加えてくれる。

「まぁ……!　男性が女性に乱暴するなんていけませんわ」

「イリスは本当に純粋で可愛いね。お父上とセシリオが必死になって守るのも頷ける。食べたくなってしまうもの」

クスクスと笑って物騒なことを口にするフェルナンドにぎょっとして、イリスは思わず一歩後ずさった。

彼はイリスを「食べたい」と言った。それは「襲う」ということだとも。

暴力には縁がない環境で育ったイリスだが、歴史の勉強で奴隷制度や戦争については学んでいる。

ときに人は残酷なことをすると知っていた。

叩かれたり縛られたりするのは怖い。痛いのも嫌いだ。

「ああ、ごめんね。怖がらないで」

「で、でも、今、私を食べたいって……」

フェルナンドは怯《おび》えるイリスの手を引いて、近くにあった庭への出入り口から外へ出た。

扉を閉めるとすぐ辺りが暗くなって、少し先の窓から漏れる光が恋しくなる。

パーティ会場では見惚《みほ》れたはずの王子――目の前に立って自分を見下ろすフェルナンドが、今のイリスにはとても恐ろしく見えた。

「あ、あ……お許しを……」

声が掠《かす》れる。

イリスは両手を胸の前で握り締め、カタカタと震えながら懇願した。

何か危険なことに巻き込まれそうになったときは大きな声を出しなさい、と口酸っぱく言われていたのは覚えている。

しかし、実際にそうなると、声が出ない。

足も震えているし、ヒールのある靴を履《は》いている今は、走れそうになかった。

食べられる――

イリスはギュッと目を瞑《つむ》って痛みに耐えようとした。

「イリス、怖がらないで。目を開けてごらん」

そう優しく声をかけられるが、そんな勇気はなく、ただただ震えて首を横に振る。恐怖で心臓が破裂してしまいそうだ。

ところが、一向に何かされる気配はない。むしろ、瞼《まぶた》の向こうが明るくなったように感じた。

フェルナンドもその後、喋《しゃべ》らなくなってしまったし、一体何が起こっているのだろうか。

目を開けて確認したい気持ちはあるものの、開けた視界にまさに自分に殴りかかろうとしている王子が映ったらどうしようという恐れのほうが強い。

イリスが迷っていると、突然ひやりとした何かが足首に巻きついた。

「――っ!?」

彼女は声にならない悲鳴を上げて、尻餅《しりもち》をつく。

「いやぁ……！　お願い、食べないで……！」

涙を流しつつ、弱々しく抵抗した。

怖くて目を開けられないせいで、足首に手を伸ばしても何も掴めず、振り払えない。どうやら巻きついている何かは動いているようだ。

しばらくすると、彼女の伸ばした手の指先に、ツンと何かが触れた。

何回か同じことが繰り返される。

最初は驚き怯《おび》えていたイリスだが、やがてその感触に覚えがある気がしてきた。

「え……？」

心当たりのある感触ではあるが、こんな場所でそんなはずはない。いや、彼は城に来たことがあると言っていたから、もしかして……

イリスは恐る恐る目を開けてみた。

うっすらと開いた目に最初に映ったのは、芝生を照らす窓から漏れる光だけ。先ほどまでいたはずのフェルナンドの姿はなかった。

ホッとしてさらに瞼《まぶた》を持ち上げ、イリスは自分の足元に視線を走らせる。

「蛇さん！」

やっぱりそうだ。

イリスは友達の登場に安心して涙を拭《ぬぐ》い、蛇に手を差し出した。

蛇はその手をぬるりと這《は》って、彼女の肩まで進んだ。それから、ちろちろと頬を舐《な》める。

まるで涙を拭《ぬぐ》っているみたいな仕草に、イリスの表情が緩《ゆる》む。

「蛇さん……助けに来てくれたのね。ありがとう。でも、フェルナンド様はどちらに行かれたのかしら？　蛇さん、知っている？」

暴力を振るうかもしれない存在がいなくなったのは良かったけれど、王子が忽然《こつぜん》と姿を消したのは解《げ》せない。

蛇はイリスの問いに顔を上下に動かした後、彼女の首に緩《ゆる》く身体を巻き付けた。

そして、次の瞬間――

「僕はここにいるよ」

ポンッと小さく軽快な音が耳元で弾《はじ》け、イリスの身体に大きな塊《かたまり》がくっつく。

びっくりして首を捻《ひね》ると、フェルナンドが彼女の身体を後ろから抱きしめていた。首に巻きついていた蛇は消えてしまっている。

先ほどはフェルナンドの姿が消えて蛇が出てきた。今は蛇の姿が消えてフェルナンドが……

「え……ええ？　へ、蛇さん？」

蛇が人になるなんて、そんな魔法があっただろうか？

一瞬訝《いぶか》しく感じたものの、イリスはすぐに王子は龍に変身できるという噂があったのを思い出した。

もしかして、今まで蛇だと思っていた彼は、龍だったのだろうか。

壮大な言い伝えや書物から、龍とは鱗《うろこ》で覆《おお》われ、手足もある大きな生き物を想像していたから、すっかり小さな彼を蛇だと思い込んでいた。

「そう。僕は狼じゃない、蛇さんだよ」

クスッと笑った後、イリスの頬にキスをしたフェルナンドは、彼女の身体を抱きしめる腕に力を込めた。

「へ、蛇さん……？」

疑問符だらけのイリスは、まだドキドキしている胸を押さえる。

よくわからないけれど、本人が蛇だというのなら蛇なのかもしれない。やや困惑した頭で考えられたのは、それくらいだった。

「怖がらせてごめんね。でも、蛇さんのままでは喋《しゃべ》ることができないから、人の姿で会えるのを楽しみにしていたんだ」

「あ……」

フェルナンドがイリスの首筋に唇を寄せる。

軽く触れられたところから、ぞわっと痺《しび》れに似た感覚が広がって、彼女は首を竦《すく》めた。

「ふふ。可愛い声。もっと聞きたいな、僕の部屋で」

「でも、お兄様がパーティを抜け出してはいけないって……」

「セシリオの言うことなんて気にしなくていいよ。男が狼だっていうのも嘘だったでしょう？」

確かに、フェルナンドは男だが、狼ではなく蛇だ。食べられる心配もない。あの蛇さんである彼が、自分に暴力を振るうとも思えなかった。

友達の屋敷へ招待されたことが一度もなかったイリスにとって、蛇の誘いは魅力的だ。

「お父上も気分が良くないみたいだったし、セシリオには国境の夜警を命じているからね。また、パーティが終わる時間ではないし、一人では帰れないでしょう？」

ふふん、と今までとはどこか種類の違う笑い方をしたフェルナンドは、イリスのお腹に手を回す。

「イリス」

至近距離で見つめられ、イリスは頬を染めた。

人間の姿のフェルナンドは美しく、金色の瞳にじっと見つめられるとドキドキしてしまう。

けれど彼は、今までずっと仲良くしていた〝蛇さん〟なのだ。その事実が、イリスに親近感も抱かせた。

「それに一人でパーティに戻るのは不安じゃない？　僕と部屋で過ごすほうがいいよ。ね？」

初めてのパーティで一緒にいてくれるはずの父は、休憩用の部屋で休んでいる。挨拶回りはしていないが、父がいないのに自分にそれができるとは思えない。

一人で慣れないパーティに参加し、何か粗相《そそう》をして父の顔に泥を塗ってしまうのではないかという心配もある。

それならば、気心の知れた蛇《フェルナンド》さんとお話をして過ごすほうが、父や兄に迷惑をかけず良いのではないか。

見慣れない人間の姿と王子という肩書きには緊張してしまうが、彼が蛇さんなら安心だ。

イリスは、緊張と安堵、相反する気持ちをゆっくりと整理した。そして、結論を出す。

「……はい」

イリスはこくりと頷いて、フェルナンドの胸に身体を預けた。

やっぱり優しい蛇さんとしばらく一緒にいることにするのがいいように思える。

「可愛いイリス……夜は長いよ。ゆっくり愛を語り合おうね」

フェルナンドは嬉しそうにそう言って、イリスの頬にキスをする。

彼の言葉の意味はイリスにはあまりよくわからなかったが、親しい蛇を前にして警戒心が抜けてしまっていた。

そうしてフェルナンドの自室へ招かれたイリスは、初めて友達の部屋を訪問するという経験に感動していた。

けれど、その感動にひたる間もなく、奥の寝室へ連れ込まれる。気がつくと、なぜかベッドの上でフェルナンドに抱きしめられていた。

「……あ、あの、フェルナンド様？」

「なぁに、イリス？」

イリスを甘やかすような柔らかい声。それが耳元で聞こえると、なぜか身体の内側が疼《うず》く。

「あの……お話をするなら、ソファで……」

「だーめ、それだけじゃ終わらないよ。でも、そうだね……お話から始めようか？」

フェルナンドはイリスを逃がすまいとするように、彼女のお腹に回した手に力を込めた。

彼の真意を理解できず、イリスは首を傾げるが、フェルナンドはクスッと笑っただけで、何も答えてくれない。

そのまま「お話」を始めてしまった。

「ねぇ、イリス。さっき僕がプロポーズしたこと、忘れていないよね？　僕はね、君を愛しているんだ。君と結婚したい」

イリスを見つめる金色の瞳に熱がこもる。

彼女の口からは、思わず「あっ」と声が漏れた。

父が倒れ、フェルナンドが〝蛇さん〟だと判明するなど、いろいろなことがありすぎて、王子に求婚されたことは頭から抜け落ちていた。

どうしていいかわからず、あわあわと身じろぎする。

イリスのそんな態度を予想していたらしいフェルナンドは、再びクスッと笑い、彼女の肩に唇をくっつけた。

「忘れていたね。ひどいな、イリス。……でも、そういうところも愛らしくて好きだよ」

つぅっと冷たい唇がイリスのむき出しの肩を伝う。それは首筋へ上がってすぐに彼女の耳を捉《とら》える。そしてフェルナンドがぱくりと彼女の耳朶《じだ》を食《は》んだ。

「ひゃっ」

湿った感触に思わずイリスが声を上げると、その反応に彼は嬉しそうに笑う。その吐息を耳に感じ、イリスはくすぐったいような、落ち着かないような不思議な気持ちになった。

そのぞくぞくした感覚から逃れようと彼女が身を捩《よじ》ると、両手首を掴まれる。

フェルナンドはイリスの手に自分の手を重ね、彼女の身体を抱きかかえた。

「逃げちゃだーめ」

「んっ」

イリスの耳がかっと熱くなる。

フェルナンドは彼女の耳の熱を楽しむみたいに、キスをしたり、縁を舌でなぞったりした。そうして耳を攻めつつ、言葉を続ける。

「君は蛇の姿の僕を怖がらない。優しく迎えて、話をしてくれた。他の動物たちに対してもそうだよね。誰とでも友達になろうとする……贔屓《ひいき》や偏見なんて、君の中には存在しないんだろうな」

ちゅっと音を立ててイリスの耳にキスが落とされた。

その官能的な響きに、彼女の身体がびくんと跳ねる。

「怖い、だなんて……動物たちが私を怖がることはありますけど、私があの子たちを怖がる理由はありません」

庭にくる動物は、みんなイリスより小さい。自分たちを簡単に踏み潰せる人間を見て彼らが怯《おび》えるのは当然だ。時には身を守るために吼《ほ》えたり、噛みつこうとしたりすることもある。

そういう理由があるからイリスは彼らを怖がらない。

イリスがそう答えると、フェルナンドはまた笑い彼女の首筋に頬をすり寄せる。

「そっか。だから、僕が噛みつこうとしたときも笑って許してくれたんだ」

「あ……」

フェルナンドの呟《つぶや》きで、イリスは彼との出会いを思い出す。

一年前、たまたま庭園に迷いこんだらしい蛇は、イリスに向かって大きな口を開けて牙《きば》をむいた。

けれど、イリスは彼と友達になりたくて、一生懸命話しかけたのだ。

怖がられないように、少し距離を保ちつつ手を差し出して……

「でも、蛇さんはすぐに私を受け入れてくれました」

そう、最初こそ攻撃的だった蛇だが、すぐにイリスと打ち解けた。それからは、彼女の話を聞き、遠慮なく触れ合える唯一の友達になったのだ。

だから、イリスは蛇さんのことが大好きだった。

「ふふ、そうだね。容姿も中身も魅力的な女の子に恋をしたからなんだけど。……ねぇ、イリスは？　もし君も同じ気持ちなら、僕と結婚してほしい」

そう言いつつ、フェルナンドはイリスの顎《あご》に手を添え、顔を自分のほうへ向けさせた。

改めて求婚され、イリスの胸の鼓動は加速する。彼女は初めての感覚に戸惑った。

真剣な彼の瞳から、なぜか目が逸《そ》らせない。

「イリスは蛇さんのこと、好き？」

真っ直ぐ見つめられたまま再び問われ、イリスは躊躇《ためら》いつつもわずかに頷く。

「はい。蛇さんは、私にたくさん会いに来てくれましたから。彼とお話しするのが楽しみで……帰ってしまうときは、いつも胸がぎゅっと締めつけられて、もっと一緒にいたいのにと、思っていました」

「うん、そっか。ところで、その蛇さんは僕なんだけど……」

目を細めてフェルナンドが言う。

金色に輝く瞳にはイリスが映っていた。

唇が触れてしまいそうなその距離に、ますますイリスの胸は高鳴る。

「は、はい。それはわかっています。でも、蛇さんがフェルナンド様だということは、先ほど知ったばかりなので、なんだか混乱していて……」

中身は同じだと理解はしていても、やはり二つの姿が違いすぎてうまく結びつかない。

王子に対するドキドキと、蛇に対する好意が同じものなのか？

すぐに答えを出せるほどの経験が、イリスにはない。

「そうだね。蛇さんと王子の僕は似ても似つかない。でも、イリスが今言った、相手に会いたかったり、別れるのが寂しかったりっていう気持ちは、『好き』っていう感情なんだよ。イリスは蛇さんに恋をしている。違う？　そして、蛇さんは僕――王子のフェルナンドだ」

色っぽい微笑みを浮かべつつも、フェルナンドの瞳はイリスを搦《から》めとるかのように強く光っていた。彼女の腰を抱く手にも、さらに力が入る。

イリスが答えられずにいると、フェルナンドが言葉を続けた。

「それに、こんなふうに……」

「あっ……！」

彼の手がするりと彼女の左胸に滑る。

イリスは、先ほどから大きく波打つ心臓の鼓動が彼の手に伝わってしまっていないか、心配になった。

「ドキドキするのも、相手のことが好きな証拠だ。僕はね、イリスが望むならずっと蛇さんでいてもいい。でも、できれば君とお喋《しゃべ》りしたいし、君に触れていたいんだ。ねぇ、イリス。人間の僕は嫌？」

「そんなことはありません！」

悲しそうな声を出すフェルナンドに、イリスは思わず大きな声を出した。

「姿が変わっても、フェルナンド様はフェルナンド様です。ただ、人間の姿のフェルナンド様は……な、なんだかとても、その……お、大人の男性の雰囲気があって、私はどうしてもドキドキしてしまうのです」

「そっか。僕もイリスを抱きしめていると嬉しくて止まらなくなるんだ。ねぇ、イリス。僕のこと……好きだよね？」

フェルナンドに見つめられ、イリスの心臓がさらにドキドキと騒いだ。

まとまらない思考で必死に考える。

確かに、いつでも蛇さんに会いたいと思うし、もっとたくさんお話ししたい。フェルナンドが蛇だというのなら、彼のことを知りたい。

人間の姿にはまだ慣れないけれど、そこに間違いはない。

この気持ちはフェルナンドが説明してくれた通りだ。

「……は、はい」

頷くと、彼の唇が自分のそれに触れた。

イリスは自然と目を閉じて、初めての口付けを受け入れる。

温かいと感じた後、じんわりとした熱が身体中を回って、宙に浮かんでいるみたいな夢見心地になった。

「ふふ。ぼんやりして……無防備だな」

とろんとした瞳で見つめるイリスに、フェルナンドが囁《ささや》く。

唇を合わせるとこんなに気持ちいいなんて、イリスは知らなかった。

フェルナンドに優しく握られている手のぬくもりも安心する。

「可愛いよ。でも、言質《げんち》はとったからね？　イリスが僕をもっと好きになってくれるのは、これからゆっくりでいい。僕のものになってから……ね。今日は、たくさん愛してあげる。いいよね？」

髪の毛を解きながらフェルナンドが言った言葉を、初めての熱に浮かされたイリスは半分も聞いていなかった。

髪に触れる手が心地好くて、こくりと頷く。

すると、フェルナンドは再び彼女の唇を塞《ふさ》いだ。今度は後頭部を手で支えながら強めに唇を押しつけて、舌で彼女のそれを舐《な》める。

驚いたイリスが口を開くと、ぬるりと舌が差し込まれた。

「んっ、ふ……んぁ……」

くちゅっと唾液が絡まっていやらしい音を立てる。

逃げようとするイリスの舌を、フェルナンドのそれが追いかけた。奥のほうまで侵入してくる。

彼の舌はずいぶん長いように感じた。

ちろちろと歯列や頬の内側、触れないところがないくらい隅々まで舌先で舐《な》められる……いろいろな場所がくすぐったい。

初めての深いキスに呼吸をするのもままならないイリスは、頭が働かず、彼の動きを追うことができなかった。

「んっ、は……」

フェルナンドがようやく唇を離したときには、息も絶え絶えで、頬を上気させている。

「イリスの唇、柔らかくて気持ちいい……中も熱くて……」

王子は吐息たっぷりに呟《つぶや》きつつ、イリスの唇を指でふにふにと突《つつ》く。それから再び唇を重ね、上唇と下唇を交互に食《は》んだ。

「ン……」

唇の柔らかさを堪能《たんのう》した後は、舌が口内にもぐり込み、中の熱を確かめるようにねっとりと舐《な》められる。

逃げる舌を追いかけられて息もできず、イリスは溢れてくる唾液を飲み込むこともできない。その唾液をちゅるっと吸われ、唇が離れたとき、二人の唇は銀糸で繋がっていた。

それがプツリと切れるのをぼんやり見つめていると、彼の喉がこくりと上下したのがわかる。

「甘い……」

ぺろりと唇を舐《な》めたフェルナンドが呟《つぶや》く。彼が嚥下《えんげ》したもの——今しがたイリスの口から漏れたものに、イリスの身体がカッと熱くなる。

「っ、フェルナンド様、あの……きゃっ」

慌てふためくイリスは、ベッドに優しく押し倒された。すぐにフェルナンドが覆《おお》いかぶさってくる。

「あっ、フェル……ナンド、様」

抗議の声を上げる間もなく、首筋に強く吸い付かれ、イリスの腰がビクッと跳ねた。胸元や肩、喉元にもたくさんキスをされ、その官能に悶《もだ》える。

「ん……」

身体が言うことを聞かない。手に力が入らないし、先ほどから自分の意思とは関係なく全身が震えてしまう。

キスの嵐が過ぎ去ると、今度はフェルナンドの舌がねっとりと身体中を這《は》い回って、イリスの肌を火照《ほて》らせた。

「んっ、ああ……」

ぞくぞくと背を這《は》う痺《しび》れに似た感覚。

逃れたいような、逆にもっとほしいような、変な気持ちだ。

無意識に仰《の》け反《ぞ》ったイリスの背とベッドに隙間ができる。その空間にフェルナンドの手がさっと滑り込み、ドレスの紐を捕らえた。

イリスが身悶《みもだ》えている間に、手際よくコルセットまで緩《ゆる》めていく。

気づいたときには、彼の手が膨らみに直接触れていた。

「あっ？　や、ど、どうして？」

「ふふ。愛を語らうのにドレスは邪魔なんだ」

そう教えてくれるフェルナンドの瞳の奥に、何かが揺れる。

ドキンと彼女の心臓が弾んだ途端に彼がドレスを身体から抜き取った。

「や……恥ずかし、あ！」

イリスの両手が胸の膨らみを隠すよりも早く、フェルナンドの両手が豊満なそれを包み込む。

「柔らかくて、気持ちいいね。蛇のときは触れなくて焦《じ》れったかったけど……綺麗だ」

フェルナンドがゆっくりとその弾力を確かめるみたいに揉み込み、形を変える乳房を熱い視線で観察する。

「可愛いな。ここ、僕が触ると赤くなっていくね」

「あっ、ああ……」

彼は熱い吐息を漏らし、少しずつ硬くなってきた頂《いただき》をぺろりと舐《な》めた。

途端にそれは、ツンと存在を主張するかのごとく勃《た》ち上がる。まるで、もっと触れてほしいと言っているみたいだ。

フェルナンドがそれに応えるように、唾液で濡れた蕾《つぼみ》を人差し指で何度も引っ掻《か》き、弄《いじ》った。

もう片方は口に含み、舌で突《つつ》いたり、強めに擦《こす》ったり、歯を立てたりする。

強弱を使い分ける巧《たく》みな彼の愛撫に、イリスの息は乱れていった。

「は、あ……っ！　フェルナンド、様……」

赤子のように乳房を吸うフェルナンドの口元に、イリスの視線がつい吸い寄せられる。

見てはいけないと思うのに、自分がどんなふうに触れられているのか知りたくて止められない。

その淫靡《いんび》な光景を目にした瞬間、腹の奥が熱くなり足の間がきゅっと疼《うず》いた。

続いて肌を舐《な》められ、胸の蕾《つぼみ》を吸われて甘噛みされる……フェルナンドはまるで彼女を味わっているみたいだ。

ふっと、兄の言葉が蘇《よみがえ》り、イリスは不安になった。

「……っ、た、食べて、しまうのですか？」

震えながら問うと、フェルナンドが顔を上げて彼女を見つめる。

「うん……でも、乱暴はしない。僕は蛇さんだからね」

イリスの質問に答えた彼は、身体を起こして自分の服を脱ぎ捨て、上半身裸になった。それから彼女の頬にキスを落とし、「大丈夫」と微笑む。

乱暴にせずに食べる、とはどういうことだろうか？

「ど、どうやって、食べるのですか？」

「いっぱいキスをして、気持ちいいところに触れて、舐《な》めて……かな。ふふ。『食べる』の本当の意味は、僕が教えてあげる。大丈夫だから、心配しないで」

「ん……っ」

戸惑う彼女だが、もう一度優しくキスをされると、安心して身体の力を抜いた。

どうやらイリスが思っている「食べる」とフェルナンドが言う「食べる」は違うようだ。

キスをするのは大丈夫。触れられたり、舐《な》められたりするのも、恥ずかしいけれど嫌ではない。

しかし、ホッとしたのも束の間、フェルナンドは彼女の足から下着を抜き取って、膝を押し開こうと手に力を入れた。

「えっ？　あ、い、いやぁ……！」

自分でも見たことのない場所を暴《あば》かれそうになり、イリスは狼狽《ろうばい》を隠せない。

足を閉じるため、膝に思いきり力を入れた。

「イリス、大丈夫だから」

「いや！　ダメです！　そんなところ……っ、汚い」

足の間は本来秘めるべき場所。他人に見せるようなものではない。

「汚くないよ。ねぇ、イリス。君を気持ちよくしたいんだ。優しくするから……触れていい？」

「ダ、ダメです。見ないで。触るのもダメ……」

涙を流して懇願すると、フェルナンドは困った様子で膝に添えた手の力を緩《ゆる》めた。

「イリス。怖がらないで……大丈夫だから」

そう言って、彼が再び手に力を加える。

イリスはビクッとして首を横に振った。

「や……痛いことをしたら嫌です……フェルナンド様、乱暴はしないって言いましたよね。蛇さんだからって……」

「困ったな……」

フェルナンドが一旦止まる。

彼は「乱暴はしない」という約束を違《たが》えるつもりはないらしい。彼の力なら強引にそこに触れることなど容易《たやす》いはずだからだ。

「じゃあ、蛇さんなら怖くない？」

「え？」

イリスが答えるよりも早く、膝の温もりが消えた。

視線を落とすと、そこにはフェルナンドの手の代わりに、蛇がちょこんと乗っている。

「あ、蛇さん?」

蛇はちろりと舌を出し、彼女の膝から太腿《ふともも》へ向かってくるくると回りつつ這《は》い上がってきた。そうして、警戒心が薄れたイリスの足の付け根へ簡単に滑り込む。

「ひゃっ、へ、蛇さんっ! ダ、ダメ……んんっ」

イリスは抵抗の言葉を発しながらも、足を固く閉じられず、おろおろした。

蛇だって触れたらいけない場所だが、今足をぴたりと閉じると、彼を潰してしまう。

「あ、あ……やぁ……」

蛇は困惑するイリスの足の間を自由に動き回っている。

太腿《ふともも》や足の付け根を這《は》い回りつつ閉じた花園の入り口を行き来して、その外側の柔肌を舌でちろちろと掠《かす》めていった。

それを何度も繰り返すと、やがてイリスの足が小刻みに震え始める。彼女の割れ目の上に花芯が顔を出した。

蛇は彼女の足の付け根に尻尾側半分を巻きつけて身体を固定すると、その花芯を口で突《つつ》く。

「あぁっ、蛇さ……ッ」

イリスはその刺激に戸惑い、身を捩《よじ》った。

それでも蛇の愛撫は止まらず、細い舌で何度も花芯を舐《な》める。

「ああ、あ……ッ、んっ、は……」

感じたことのない疼痛《とうつう》は、イリスの下腹部に熱を溜め、泉の奥からとろりとした蜜を溢れさせる。

愛液が零《こぼ》れて光るその入り口を蛇は舐《な》めた。その細い舌で秘所を丹念に愛撫し続ける。

イリスは未知の感覚に涙し、喘《あえ》ぎ声を上げた。

足の間が熱くて、身体全体が痺《しび》れているみたいだ。頭も熱に浮かされてぼんやりしてきて、何も考えられなくなる。

イリスの足に力が入らなくなった、そのとき——

「あぁあっ！　や、あっ、蛇さっ……あ、あ、フェルナンド様っ」

突然膝の裏に力を感じて驚いたイリスの目に、人間に戻ったフェルナンドの柔らかそうな茶髪が飛び込んでくる。

大きく開いた足の間に顔を埋めていた彼は、先ほど蛇の姿でしていたのと同じように彼女の泉から零《こぼ》れる蜜を夢中で舐《な》めていた。

違うのは、その舌の大きさと温度だ。

小刻みに刺激されていた先ほどまでの快感も、イリスには強いくらいだったのに、大きくてざらついた舌にねっとりと這《は》われ、腰が跳ねるのが止まらない。

蛇のときは舐《な》めるだけだったのに、フェルナンドは花芯を唇で挟んで刺激したり吸ったり、舌を泉の中へ入れたりと様々な愛撫でイリスを翻弄《ほんろう》する。

「やっ、あ……んぅ、あぁ、あ……ダメ……」

イリスはせめてもの抵抗に彼の髪を掴《つか》む。

けれど、その手にはほとんど力を入れられなかった。

くちゅくちゅといやらしい音が響く寝室で、イリスは頭をベッドに擦《こす》りつけて悶《もだ》える。

そこで突然、フェルナンドが真っ赤に腫れ上がった花芯に歯を立てた。イリスの意識は一瞬真っ白になる。

「ひ、ああ――っ」

ガクガクと大きな震えに襲われた後、呼吸が止まった。全身から汗が噴き出る。

しばらくしてようやく空気を取り込めるようになると、イリスは肩を上下させてぐったりとベッドに沈み込んだ。

「……怖かった？」

あまりの衝撃にイリスの頬を涙が伝う。それを舐《な》めとり、フェルナンドが彼女を抱き寄せる。

イリスは息も絶え絶えに「少し」と答えた。

初めは恥ずかしさや困惑が大きく、それしか考えられなかった。でもその後は、むず痒《がゆ》さをどうにかしたいという気持ちが膨らみ、最後に大きな波に攫《さら》われた。その感覚を怖いと感じたのだ。

だが今は、疼《うず》く秘所が気になって仕方ない。

「イリス、たくさん濡れてる。中も確かめさせて」

フェルナンドの手が潤《うるお》った泉へ伸びて、指先で入り口を弄《いじ》られる。

触れられたところで、ぬぷっといやらしい音がした。

「あ……」

ゆっくりと冷たい指が侵入してくる。

イリスの表情を窺《うかが》いながら、フェルナンドが彼女の中で丁寧に指を動かした。

「痛くない？」

「ん……」

イリスが頷くと、彼は一度指を抜き、今度は二本同時に沈める。

圧迫感はあるが、しとどに濡れた彼女の中は、フェルナンドの指をスムーズに受け入れた。

「あ、ン……んっ、ふ……んあぁ」

フェルナンドはしばらく緩《ゆる》やかな動きで中を擦《こす》り続けていたが、彼女の腰が揺らめき始めたのを見ると、フッと笑って指を引き抜く。

「あ……」

きゅんとイリスの中が収縮して、入り口がヒクついた。

「ふふ。もっとあげるから、そんな顔をしたらダメだよ」

今、どんな表情をしているのだろうか？

自分では確かめられなくてイリスにはよくわからない。

一方のフェルナンドは、目元が赤く染まり、色っぽい雰囲気を醸《かも》し出している。

熱く濡れたその瞳に見つめられるだけで、イリスの身体は疼《うず》いた。

彼はそっと覆《おお》いかぶさってきて、彼女の頬を撫《な》でる。

「イリス、ごめんね。少し痛いかもしれないけど、優しくする」

フェルナンドが申し訳なさそうに言う。

その意味がよくわからなかったイリスは首を傾げたが、蜜口に何か大きなものが宛《あて》がわれたのを感じると、反射的に身体を硬くした。

「力を抜いて、イリス。最初だけ、だ、から」

「あっ！」

ぐっと押し込まれた昂《たかぶ》りは、先ほど指を受け入れたときとは比べものにならないほどの圧迫感をイリスに与える。

「や……いたっ」

イリスの目尻に涙が溜まった。

「ごめん、少しだけ、我慢して。僕に掴《つか》まってごらん」

フェルナンドは破瓜《はか》の痛みに泣くイリスを抱きしめつつ、ゆっくり腰を進める。

「ふっ、ああ、あ……」

イリスは涙を流しながら、フェルナンドの言う通り彼に抱きついて鈍痛を耐えた。頬を流れる雫《しずく》は、彼が舐《な》め取ってくれる。

そんな彼の気遣いが、イリスの心を温かくした。

「ん……全部、入った」

「あ、フェルナンド様……」

「ありがとう、イリス」

なぜかお礼を言い、フェルナンドは優しいキスをしてくれた。

唇を重ねたり離したりを繰り返し、ゆっくりと舌を入れられる。イリスの下腹部はずくずくと疼《うず》いたままだが、キスには慣れてきた。

彼の真似をして舌を差し出してみると、彼は小さく笑って舌を擦《す》り合わせてくる。

「ん……あ、蛇、さん？」

最初のキスのときもぼんやりしながら思ったが、彼の舌が触れると不思議な感覚がする。

「うん。僕の舌、蛇さんなんだよね」

フェルナンドはぺろりと舌を出してみせた。

その長さは人間のものより長く、舌先は二つに割れかすかに窪《くぼ》みができている。

「あ……蛇さんの舌！　気持ちいいです」

イリスは自分の言葉が持つ破壊力には気づかず、うっとりと呟《つぶや》いた。

それを聞いたフェルナンドは眉根を寄せてぐっと息を詰める。

「イリス……あんまり可愛いことを言うと、どうなっても知らないよ？」

「えっ？　あっ……ン」

急に腰を引かれ、イリスは背を反らす。

フェルナンドは一度引いた腰を再びじわじわと押し進め、最奥を突いた。奥まで達すると、再びゆっくり腰を引き、また奥へ戻る。

最初は大きな質量に違和感しかなかったが、次第にイリスは、じんわりとした快感を覚え始めた。

「あっ、ああ……」

彼女の声色の変化に合わせ、フェルナンドが腰の動きをだんだん速めていく。

「は……っ、んあぁ、や、あっ」

隘路《あいろ》を押し広げられるたび、イリスの口から意味をなさない音が漏れた。腰を引かれると、彼女の中は彼を逃がさんといわんばかりに蠢《うごめ》く。

「いやらしい、ね……イリス。可愛いな」

呼吸を乱したフェルナンドが、昂《たかぶ》りを抜き差しして中を探る。律動をやめないまま上半身を倒し、揺れる乳房の先端に吸い付いた。

「ああっ、あ、やぁっ」

硬くなった蕾《つぼみ》から伝わる刺激は、すぐに下腹部へ辿り着く。

くにくにと舌の窪《くぼ》みにはめ込むように尖った胸の頂《いただき》を愛撫されると、昂《たかぶ》りを咥《くわ》え込んだ膣内がうねるのがイリスにもわかった。

その快感はフェルナンドにも伝わり、二人は一緒に高みへ昇っていく。

「これ、好きなんだ？」

イリスの反応に嬉しそうに笑うフェルナンドが、激しく彼女を揺さぶり始めた。

「あぁん、あッ……んあっ」

先端が奥を突くと、ぞわぞわと背を駆け上がる快感。

擦《こす》られる膣壁がじわじわと熱くなって、イリスは自分の身体が動くのを我慢できそうにない。溢れ続ける蜜は二人の結合部をしとどに濡らし、肌を打つ音が水気の混じったものになる。

「んっ、イリス……」

「フェルナンド、様？」

名前を呼ばれ、イリスは顔を上げた。じっとフェルナンドを見る。

初めて見る、彼の苦しそうな表情。

イリスは快楽の波に揺さぶられながら、彼の首に手を回した。

「イリス……愛している。僕を、僕自身を、見て……」

「あっ……あぁっ、はぅ、んっ」

フェルナンドはその手に応えるように掠《かす》れた声で呟《つぶや》き、一層律動を速めた。

奥を穿《うが》たれるあまりにも強い刺激に襲われながら、イリスは自分を映す金色の瞳を見つめ返す。

縋《すが》るような彼の視線に、胸が締めつけられそうになった。

「――フェルナンド様」

「イリス。好きだよ……愛している」

フェルナンドの告白に、きゅんと疼《うず》くイリスの心と身体。彼女の中が彼の熱塊《ねっかい》を締めつける。

それにクッと息を詰めた彼は、しかし、とても幸せそうに笑った。

その顔を見たイリスも満たされる。

「ああ、もう……イリスッ」

「ひゃあ、あ――！　あ、あぁっ、ああん」

膝を強く掴《つか》まれ、激しく腰を打ちつけられる。

イリスはその刺激に耐えられず、シーツをきつく掴《つか》んで迫りくる快感を享受した。

フェルナンドが荒い呼吸を繰り返す。

彼は数回腰を揺すり、震えたまま彼女に覆《おお》いかぶさった。

イリスはその大きな身体を抱きしめて目を瞑《つむ》る。

「フェルナンド様……」

「イリス」

フェルナンドは甘えるみたいに彼女の首筋に顔を埋めた。

「誰よりも大切にする。だから、僕を好きになって。王子でも、好きに……」

「フェルナンド様？」

なぜだろう。

こんな状況で、イリスは唐突に蛇さんと初めて会った日のことを思い出していた。

イリスに向かって口を大きく開けて威嚇《いかく》し、人間をとても怖がっているようだった彼――

だからイリスは、自然とあの日と同じ言葉をかける。

「怖くないですよ」

「……ああ」

彼の声が震えているみたいに聞こえたのは、情事に乱れた呼吸のせいだろうか。

「イリス、大好きだよ」

その告白は、パーティでの求婚より、情事の中で囁《ささや》かれた甘い言葉より、彼女の胸に真っ直ぐ響いた。

彼を守りたいと強く思う。

世間知らずな伯爵令嬢が王子を守るなんて、他の人が聞いたら笑ってしまうことだろうけれど……

それが、イリスの心にはっきりと火が灯った瞬間だったのかもしれない。

イリスはフェルナンドを抱きしめる腕に力を込める。

彼も同じようにイリスを抱き返し、二人は一晩中抱き合って眠った。

＊＊＊

フェルナンドがイリスに出会ったのは、ちょうど一年ほど前の春のことだ。

その頃の彼は、はっきり言えば自暴自棄《じぼうじき》になっていた。

彼は常に人に囲まれ、誉めそやされる。美しい外見と王子という肩書きに寄ってくる娘たち。同じく王子という地位に跪《ひざまず》く臣下たち。

誰一人として、彼自身を見てくれる人はいない。

両親は「王子なのだから」と国民を守る義務を説いてくる。

生まれながら与えられた恩恵に、フェルナンドは嫌気がさしていた。王子としてしか見てくれない周囲も、それしか価値がないらしい自分も、心底嫌だ。

そんな鬱屈《うっくつ》した思いを女遊びで晴らしても、余計むなしさが募《つの》っていくだけだと本当は気づいていた。

でも、他にどうしたらいいのかわからず、自分を変えられないことに苛立ちを覚えるばかり。

おまけに反抗的な息子の行為を父王は毎日嘆いてみせる。

国を守ることが嫌なのではない。ただ、自分の上《うわ》っ面《つら》しか見ていない周囲の人間のためだけに生きることに、疲れていたのだ。

フェルナンドは説教されれば逆らい、それならと放任されればやりたい放題を繰り返していた。

事件が起こったのは、そんなある日のことだ。

父王曰《いわ》く「ご先祖様を怒らせた」フェルナンドは、その日、とある女との逢瀬で、これから情事に持ち込もうかというときに蛇の姿になってしまった。

あれは、人生最大に面白い瞬間だった、とフェルナンドは思っている。

直前までうっとりと彼に抱きついていた娘は、それはそれは大きな悲鳴を上げ、蛇になったフェルナンドを振り払った。そして、彼を枕で何度も叩く。

正直潰れて死ぬかと思ったが、彼女の豹変《ひょうへん》ぶりに笑いが止まらなかったのを覚えている。

実際には声は出ず、シューシューと音がするだけだったので、不気味がった女は転がるようにその場を後にした。

フェルナンドは、彼女が彼の外見と肩書きだけを見ていたことをはっきりと悟る。

その直後、フェルナンドは龍王の声を聴いた。

龍王とは戦乱の世を終わらせ、ジグリア王国を築いたというフェルナンドの祖先だ。

争いを治める力を得るために龍の血を飲んだという彼は、〝龍王〟として今でも語り継がれている。

その龍の血の影響か、フェルナンドは生まれつき龍に変身することができた。

もっとも、実際に龍王の声を聴くのは初めてだ。

フェルナンドは、伝説の存在が実在していたことを知る。

龍王は、誇り高きジグリア王国の象徴であるべき自分の子孫が、政務を放ったらかして手当たり次第女性に手をつけるという堕落《だらく》ぶりに怒っているらしい。

それゆえ、ついに彼を自《みずか》ら咎《とが》めることにしたと言う。

長々と、ジグリア王国の誇りを説き、王子がどうあるべきかを諭《さと》していたけれど、要約すると「お前のような堕落《だらく》した人間を龍の血を継ぐ者と認めない」ということだ。

そうして、フェルナンドは龍になる代わりに、蛇の姿に変えられてしまう。

しかし、フェルナンドにとって、この事態はさほど深刻ではなかった。

なぜなら、変身の要領は龍と同じで、自分の意思で人間の姿に戻ることができたし、普段の生活で龍の姿に変身しなければならないことはないから。

そもそも、罰として蛇の姿に変えるというのは蛇に失礼な話だ。

どちらかといえば、身軽でコンパクトなサイズの蛇のほうが融通《ゆうずう》が利いて、龍の姿より役に立つ。例えば、女性の部屋に忍び込むときとか。

――それは、本能的に傷ついた心を隠すためのフィルターだったのかもしれない。

周囲の人間が自分の外側に見えるものだけが目当てなのだと知っているつもりだった。けれど、現実として美しい王子ではない自分を否定されたのは初めてだ。

フェルナンドは、塞《ふさ》がりかけた傷口を自ら《みずか》抉る《えぐ》ように、自分に言い寄る若い娘たちの目の前で変身してみせた。

突然かき消えた王子の心配すらせず、蛇の姿の自分を見て悲鳴を上げ、泣き、時には攻撃してくる彼女たちの姿は滑稽《こっけい》だ。

フェルナンドが「王子」としてしか認められない事実が浮き彫りにされる。

それがひどく愉快なことに思え、フェルナンドはその悪戯《いたずら》をやめられなかった。

心の片隅では、王子ではない自分を受け止めてくれる人間を求めていたのかもしれない。

だから、若い貴族令嬢の屋敷に片っ端から忍び込んだ。

そんなある日、堅物な騎士に溺愛《できあい》する妹がいると知ったフェルナンドは、彼女の家に行ってみた。

ところが、その令嬢――イリスだけは他の娘たちとは反応が異なったのだ。

「まぁ、蛇さん！」

蛇の姿のフェルナンドを見てあんなに喜んだ人間は、後にも先にも彼女だけだ。

（……どうして嬉しそうなんだ？）

やや戸惑いつつ、フェルナンドは大きく口を開け、牙《きば》をむき出しにしてイリスを威嚇《いかく》する。それでも、彼女は決して笑みを崩さなかった。

作り笑いなどではない。

本当に嬉しそうに、そして、フェルナンドを安心させるかのように柔らかく微笑んで、彼に手を差し出したのだ。

「怖くないですよ？　ほら」

自分から近づくと怖がられると思ったらしい彼女は、少し距離をとったまま穏やかに話す。

「蛇さん、貴方を踏んづけたり追い払ったりしないわ。だから、貴方も私を噛まないでほしいの。私も痛いのは嫌いよ。ねぇ、お話ししましょう？」

それなら貴方も怖くないでしょう、と付け足して笑うイリスに、フェルナンドは一目惚れした。

太陽の下で輝く艶《つや》やかな金色の髪は、きらきらと眩《まぶ》しい。大きなエメラルドグリーンの瞳は真っ直ぐで優しい光を湛《たた》えて自分を見つめてくれる。

白い肌も、赤く小さな唇も、全部が可愛い。

そして何より、蛇の自分を怖がらない。

最初は珍しいという思いのほうが強かったが、彼女に近寄って触れた手の温かさを感じたときから、イリスは特別になった。

彼女なら自分を受け入れてくれるのではないか。王子ではない、自分を――そんな希望を持ったのだ。

イリスの存在は、フェルナンドにとって大きな心の支えとなった。

以来、フェルナンドは、ずっとイリスの屋敷に通い詰めていた。

彼女は庭師に見つからないようにする方法を教えてくれ、隠れ家まで用意してくれる。それが、とても嬉しい。

もっとも、他の動物たちにもそうしているらしいと知ったときは気に食わなかった。

けれど、彼らはイリスの言いつけを守らず、庭を追われる。それを陰から見つめ、優越感にひたることもあった。

箱入り娘特有のおっとり思考で「蛇さんは私の言葉がわかるのね」と、自分が彼女の特別になったときは小躍りしたほどだ。

少々世間知らずではあるものの、イリスは教養とマナーをしっかり学んだ礼儀正しい娘だった。その気高さにも惹かれる。

彼女は王族に対する敬愛も忘れはしない。自分たちの生活を守ってくれているのだと、王子を尊敬していた。

それが嬉しくて、フェルナンドは政務に真面目に取り組むようになる。

少しでも彼女の理想に近づきたい。そして、どこかほわっとしている彼女を守ってあげたいと強く願う。

そんなふうにだんだんと、フェルナンドはイリスへの好意を膨らませていった。

王子としての自分、龍の血を受け継ぐ自分、蛇になってしまった自分——フェルナンドという男がどれなのか、わからなくなっていた彼を救ってくれたのは、間違いなく彼女だ。

だから、欲しくなった。

ずっと隣でフェルナンドを見つめていてほしい。友達としてではなく、一生添い遂げられる関係に……

失敗は許されない。

そのためには、慎重に動かなければ。

異性に免疫のない彼女に正体を明かすのは、まだ先でいい。まずは〝蛇さん〟として彼女の特別という地位を確固たるものにする。

また、スムーズに事《こと》を運ぶには、今までの自分の行いを正し、周囲への根回しもしっかりとしなくてはならないだろう。

フェルナンドは自分にその力があることに気づいていた。

王子という地位に感謝したのはこのときが初めてだ。

自分は彼女を囲い込む術《すべ》を持っている。

そうして、フェルナンドはじっくりと舞台を整え、遂《つい》に彼女に王城で開かれるパーティへの招待状を送ったのだった。

パーティ前日、フェルナンドは、経験したことがないほど緊張しながら、ラングレー邸へ忍び込んだ。

イリスが教えてくれた隠れ家の茂みに辿り着く。そこはフェルナンドの特等席だ。

「蛇さ〜ん？」

やがて待ち侘《わ》びた声が聞こえ、丸まっていたフェルナンドは茂みの奥から顔を出した。

嬉しそうにやってきてしゃがみ込み、彼に手を差し出すのは、この屋敷に暮らす伯爵令嬢のイリス。

彼女の金色の艶《つや》やかな髪が太陽の下で一層輝いて見える。

真っ白な肌、大きなエメラルドグリーンの瞳に高い鼻と小さな唇を備えた美人は、可愛らしい声で甘く自分を呼ぶ。

本来、蛇は耳が聞こえないというが、フェルナンドは元が人間だからか、少しこもるくらいで音を感知できた。

だが、もっと鮮明に自分を呼ぶこの声を聴きたいとずっと願っている。

彼女に出会い、恋をしてから一年も……

それが、もうすぐ叶う。

挨拶代わりに彼女の指先に口付けたフェルナンドは、細い腕を這《は》い上がった。

イリスはくすぐったそうに笑いながら、王城に招待されたことを嬉しそうに報告してくる。

(当然知っているよ。招待したのは僕だからね)

フェルナンドは頷いて、彼女の話を聞いた。

明日は庭園に来てはいけないと注意されたが、フェルナンドもパーティに出席するのだから、その心配は無用だ。

——明日は夜の王城で、人間として会える。

「お城ってどんなところなのかしら？　蛇さんは行ったことがある？」

その問いの答えはＹＥＳだ。

行ったことがあるどころか、住んでいる。

自分に会うのを緊張すると言うイリスの頬を口先でツンと突《つつ》き、フェルナンドは彼女を見つめた。

(僕は楽しみだ。やっと君と話ができる。絶対に、逃がさないよ？)

フェルナンドは、内心で笑う。

するとイリスは、彼女の兄のセシリオに、フェルナンドは遊び人だから気をつけろと忠告されたと告げた。

(あのシスコン……！)

否定はできないが、余計なことを言ってくれる。

自分が遊び人だったのは一年前までだ。

今はもう違う。

けれど、セシリオの固いガードは崩れないだろう。彼のエスコートをかいくぐってイリスに接触するのは骨が折れるに違いない。

王国騎士団の中で若くして部隊の指揮を任されるほど実力を認められているセシリオは、少し前からフェルナンドの警護を担当している。

勤勉で家族思い、王子の警護を任せられる実力と経験を持つ彼は、騎士の中で一番フェルナンドと歳《とし》が近い。

フェルナンドが彼に感化され、「遊び人」をやめることを期待した父王が、セシリオを王子のそばに配したのだ。

(まぁ、明日は夜警の任務に就いてもらうけどね)

根回しはとっくに済んでいる。

明日、夜警をする騎士の中から腹を下す病人が複数出ることになっていた。

ちなみに、選考基準は訓練をサボった回数――訓練どころか任務を堂々と休める理由を作ってやるのだから、バスルームから出られなくなるくらいは許してほしい。

その穴を埋めるのがイリスの兄、セシリオというわけだ。

彼は重度のシスコンだが、騎士としての評価は高い。出世街道まっしぐらな男である。

数人にのぼる急病人の代わりを一人でできるのは、セシリオくらいだろう。

そして、国王からの命令ならば、真面目な彼は断れない。たとえ、妹がパーティに参加すると知っていても、だ。

セシリオさえ遠ざけておけば、イリスの父親一人くらいうまく言い包《くる》められる。フェルナンドには自信があった。

彼は、再びイリスの話に集中する。

「王族の方々はご公務でお忙しいのに、遊んでいるだなんて失礼よね？」

イリスの不思議そうな呟《つぶや》きに、フェルナンドはおかしくなって身体をくねらせた。そのまま彼女の首にゆるりと身体を巻きつける。

屋敷の中に大切に隠され世間知らずなイリスは、特に、色恋沙汰には疎《うと》い。男女の生々しいお付き合いなんて想像もできないに違いなかった。

人間以外の動物たちにも平等に接する純粋な娘だ。

(可愛いイリス。大好きだよ)

蛇では、こういうとき彼女を抱きしめられない。その代わりに、フェルナンドは全身で愛を伝えようと、身体をすり寄せた。

くすぐったそうにコロコロと笑うイリスに、彼は目を細める。

ああ、早くこの声をもっと鮮明に聴きたい。

それから彼女の顔の前に上半身を立たせてみると、彼女はにっこり笑ってフェルナンドと父王を称えてくれた。

イリスの屈託のない笑顔に、ノックアウト寸前だ。

(ああ、もう……ここで食べちゃいたいね)

我ながら、ここまでよく耐えたと思う。

けれど、さすがにここで押し倒すわけにはいかないので、フェルナンドは彼女の身体から下りて距離をとった。

我慢できなくなっては、これまでの準備が台なしだ。

フェルナンドが帰ることを悟り寂しそうにするイリスだが、ちょうど使用人が彼女を探しに来た。そのため彼女もお別れすることに納得したようだ。

手を振るイリスに背を向けて、フェルナンドは茂みへ戻った。

明日のパーティを楽しみに――

フェルナンドの計画は、当初の予定よりもスムーズに進んだ。なぜなら、イリスがこの上ないアシストを決めてくれたからだ。

握られた手を気にしていた彼女は、父とフェルナンドのやりとりを聞いていなかったらしい。

突然自分に振られた話にビクッとして自分を見上げたイリスの慌てた表情は、堪《たま》らなく可愛かった。

おろおろする彼女は、フェルナンドの庇護欲を刺激する。

「イリス、それは本当か？」

父親の責めるみたいな声に、イリスは曖昧《あいまい》に返事をすることを選んだ。

その肯定ともとれるトーンに、フェルナンドの口元が緩《ゆる》む。思わぬ援護射撃にクスッと笑い、ふらつく父に寄り添おうとするイリスの腰を抱き寄せた。

「ほら。僕の言った通りでしょう？　僕たちは密かに逢瀬を重ねて愛を育《はぐく》んでいたんだ。お父上とセシリオが心配するから言いにくかったんだよね？　イリス」

逢瀬を重ねたのは嘘じゃない。

イリスが〝蛇さん〟のことを家族に黙っていた理由も、まぁ大体合っているはずだ。彼女は蛇のフェルナンドが追い払われてしまうのが嫌で、そのことを黙っていたのだから。

フェルナンドはイリスの柔らかい頬に手を添え、彼女の鼻の頭にキスを落とした。

本当は唇を奪いたいのだけれど、さすがにそれは刺激が強い。真っ青な顔をしているイリスの父――ラングレー伯はきっと耐えられないだろう。

フェルナンドは、ぐっと我慢しながら、言葉を続けた。

「君に口付けをすると、幸せな気分になるんだ。抱き合えば温かくて気持ちいいし……僕はもうイリスに包まれることしか考えられない」

わざと回りくどく、誤解を招く言い方をする。

うっとりと彼女を見つめ腰を撫《な》でると、元遊び人のフェルナンドの口から出る「抱き合う」「包まれる」という言葉の意味を、周囲は勝手に拡大解釈するだろう。

それに、またしても嘘はついていない。

彼女の手や頬にならたくさん口付けたことがあるし、彼女の首に抱き――巻きついたこともある。

冬に会いに行ったときは、寒さに弱い蛇を心配したイリスにショールの中に入れてもらった。ふわふわの胸に包み込まれ、フェルナンドは夢見心地になったものだ。

包み込むと言えば、手編みのマフラーをもらったこともあった。

（首が絞まったときはびっくりしたけど、イリスの愛が編み込まれたマフラーは気持ちいいんだ

よね）

残念なことに、人間のフェルナンドには小さすぎるし、手がない蛇の姿では自分で巻きつけることができなかったが。

それでも蛇さんマフラーは大事にしまってある。

フェルナンドは眠る前にその匂いを嗅《か》ぐのが好きだ。そうして彼女の香りに包まれると、幸せな気持ちになる。

正直に打ち明けたその言葉が、結果的に最後の一撃となった。

フェルナンドの言葉を聞いたラングレー伯が床に膝をつき、頭を垂れる。

フェルナンドは、すかさず侍従《じじゅう》を呼んだ。

「これは大変だ。気分が悪くなったようだから、客室に案内させよう」

イリスを上手く言い包《くる》め、執事に命じて有無を言わさず伯爵を客室へ連れていかせる。

そのまま困惑する彼女の手を引いて、パーティ会場を後にした。

（やった……！）

欲しいものを自分の力で手にしたときというのは、こんなに心が躍るものなのか。

それは、「欲しい」と思う前にすべてが手に入る王子が経験する、初めての達成感だった。

これからどうやって自分が〝蛇さん〟だとイリスに明かそう？　どうやってイリスに好きだと言ってもらおう？

イリスにキスをして、イリスを抱いて、イリスとずっと一緒に過ごして……

イリス、イリス、イリス――

フェルナンドの頭の中は彼女のことでいっぱいだった。

「あの！」

しかし、フェルナンドの思考を遮《さえぎ》り、イリスが彼を呼び止める。

ようやく今までの経緯を整理できたらしい彼女は、フェルナンドが人違いをしているのではないかと聞いた。その上、兄のセシリオに「狼さん」に注意しろと忠告を受けたとも言う。

「狼？」

フェルナンドは思わず聞き返す。

「はい。狼さんは、兄が言うにはオスなのですけれど……お友達にはなれず、私たちは食べられてしまうかもしれないのです……！」

チラチラと窓の外を窺《うかが》っている様子から、彼女が城の庭に狼が出るんじゃないかと恐れていることに気づく。

だが、フェルナンドにはセシリオの言いたいことがわかっていた。

シスコン騎士が「妹が狼に食べられる」のを心配している――つまり、王子がイリスに近づくことを警戒しているわけだ。

セシリオは、フェルナンドが蛇に変身するということを知る数少ない人間だった。

警備を担当する彼以外で、王子が蛇になることを知っているのは、家族である父王と母妃くらいのものだ。

蛇になる男を狼だと忠告するなんて、間抜けとしか言いようがないと、フェルナンドは笑った。

もっとも、セシリオの忠告はフェルナンド以外の男も含んでいる。それに純情な妹に、男女の生々しい話をするのを躊躇《ちゅうちょ》した気持ちはわかる。

だが、フェルナンドはそれを利用させてもらった。

セシリオの言う狼が男であること、食べるというのは女性を襲うことだと教えると、イリスは驚く。今度は「襲う」の意味を誤解しているらしい。

ああ、本当にどうしてイリスはこんなに可愛らしいのだろう。

これからこの真っ白な彼女の肌に自分を刻み込むのだと思うと、背筋がぞくぞくして堪《たま》らない。

「……食べたくなってしまうもの」

思わず本音が出た。

その言葉に怖がるイリスを城の外へ連れ出す。彼女は小さな身体を震わせて怯《おび》えていた。

毒を持っていることもある危険な蛇を何のためらいもなく受け入れる一方で、地位も富も美しい容姿も——女が欲するものをすべて持つ王子を遠ざけようとする。

イリスはやっぱり他の女とは違った。

「イリス、怖がらないで。目を開けてごらん」

そう囁《ささや》き、ポンとかすかな音を立てて蛇に変身した。

しかし、見上げたイリスはぎゅっと目を瞑《つむ》ったまま震えている。

フェルナンドはくねくねと彼女の足元へ這《は》い寄り、細い足首に巻き付いた。

驚いて尻餅《しりもち》をついたイリスは、泣きながら「食べないで」と懇願し、足元の違和感を払おうと手を伸ばしてくる。

フェルナンドは彼女を安心させるため、いつものようにその指先に口付けた。

イリスはビクッとして一度手を引っ込めたものの、再びおそるおそる自分の足に手を伸ばす。

その指先に何度か同じように口付けを繰り返すと、やがて少し落ち着きを取り戻した。

「蛇さん！」

しばらくして、ようやくイリスが目を開けたので、フェルナンドは彼女の肩へ上る。そして彼女の頬を伝う涙をチロチロと舐《な》め取った。

彼女を怖がらせてしまったのは悪かったと少し後悔する。でも、これでイリスはフェルナンドを〝蛇さん〟だと認識してくれたはずだ。

王子の行方を気にする彼女の首に巻きつき、人間の姿に戻ると、イリスは目を丸くして驚いた。

「僕は狼じゃない、蛇さんだよ」

そう言って、フェルナンドはイリスが混乱しているうちに自分の部屋に誘った。

イリスは考えつつも、だんだんと彼の言葉に心を傾けてくれる。その証拠に彼女の身体からは余計な力が抜け、いつしかフェルナンドに寄りかかった。

フェルナンドはそれが嬉しくて、一層足早に彼女を部屋へ連れていく。

自室に着くと、早くイリスを自分のものにしたいという欲求をなんとか押し込んで、もう一度告白をした。

無理やり奪うのは嫌だから……

たとえ、これからすることが彼女の無知と純粋さにつけ込んだずるい行為だとしても――わけがわかっていないなりにも、彼を受け入れるという彼女の意思を確認したいのだ。

彼女の気持ちがフェルナンドと同じ大きさになるのは、後でいい。

イリスは貴族の娘の結婚適齢期である十八歳になった。

いくらラングレー伯とセシリオが彼女を溺愛《できあい》しているといっても、行き遅れるのを許すほどの馬鹿じゃない。

ジグリア王国では、貴族の娘は十五、六で婚約者が決まり、十八歳にはパートナーに伴われて社交界デビューをするのが一般的だ。

彼らがすでに内々に彼女の相手を決めているかもしれない。

現に、セシリオが彼女と歳《とし》の近い騎士仲間を妹の相手として好ましく思っているらしいことを、フェルナンドは知っている。

だから、今日が勝負の日。

彼はずっとそう決めていた。

どうやって彼女を手に入れるか、じっくり計画を立てたので、実行それ自体は難しくない。

そうして、ようやく手に入れた。

初めて自分から執着した、その令嬢を……

その日の夜中、フェルナンドは自分の腕の中で寝息を立てるイリスの髪をそっと撫《な》でた。

少し濡れたそれは、先ほどまで激しく交わっていた証拠でもある。

――怖くないですよ。

情事の後、昂《たかぶ》る感情を抑えられず、自分を愛してほしいと懇願したとき、イリスはそう言ってフェルナンドを抱きしめてくれた。

それを聞き不覚にも泣きそうになったのは、あの日と同じ言葉だったから。

イリスと初めて会った、王子として以外の自分を受け入れてくれる存在を知った、あのときと――

しかし、嬉しさがこみあげる中、フェルナンドの心にはわずかな曇りが渦巻《うずま》いた。

人間の姿のフェルナンドを見て、イリスはどう思っているのだろうか。

蛇さんとは仲良くしてくれるけれど、王子の姿の自分は？

彼女は変わらず自分を受け止めてくれるだろうか。

王子という地位を嫌っていたはずなのに、その力を利用して彼女を手に入れたフェルナンドは、自分の矛盾に気がつき、不安になる。

それでも……

「イリス、やっと捕まえた。もう離してあげないから、覚悟して。愛してるよ」

「ん……」

言葉と共に額《ひたい》に落とされた口付けにわずかに身じろぎしたイリスが、フェルナンドにぎゅっとしがみつく。

「可愛い……」

彼女が離れていかないように、目覚めたらもう一度食べてしまおう。

そんなことを考えて頬を緩《ゆる》めたまま、フェルナンドは目を閉じた。

第二章　蛇さん、我儘《わがまま》を言う

フェルナンドがイリスを食べてしまったパーティの翌朝。

王子の部屋から出てきた二人の噂は、瞬《またた》く間に広まった。

イリスがその事実を認めたため、ラングレー伯も二人の婚約を認めざるを得なくなる。すぐに彼女は、王子の婚約者として城に移ることになった。

ラングレー家がイリスを城へ上がらせる用意をするよりも早く、フェルナンドは彼女を迎える準備を整えていたらしく、直々に屋敷に迎えに来た。

諸々の荷物は後で運べばいいと言われ、イリスは彼と共に城へ向かうことにする。

しかし、慌ただしく屋敷を出ようとする彼女を引き止める者があった。

「イリス！　狼には気をつけろとあれほど注意したのに……！」

玄関ホールでフェルナンドに肩を抱かれるイリスの前で、セシリオがぐぅっと唸《うな》り膝をつく。

そんな彼を見て、フェルナンドがフフンと得意げに鼻を鳴らした。

「僕は狼ではないよ、セシリオ」

「そういうことを言っているのではありません。イリス、俺はお前が心配で……」

険しい顔で言い募《つの》る兄を安心させるため、イリスは丁寧に返事をする。

「お兄様。心配なさらないで。フェルナンド様はとてもお優しくて素敵な方です」

けれど、イリスが王子に味方をしたことで、セシリオはとうとうすすり泣き始めた。

「イリスにはもっと真面目で誠実な相手がいいと思って、縁談を考えていたのに……。今からでも――」

「その必要はない。僕は真面目に働いているし、イリス一筋だ。そんなに悲しまないでいいよ。どうせ君は騎士団の仕事で僕の護衛をしているわけだし、イリスには毎日会える」

フェルナンドがセシリオの言葉を遮《さえぎ》り、満面の笑みを浮かべる。そして、小さな声で「数分だけね」と付け加えた。

「くっ……パーティの日の夜警は貴方が仕組んだのでしょう？　急に何人も体調不良者が出るなんておかしい！　絶対彼らに何かを盛ったんだ！」

ダンッと大きな音を立てて床を殴り、セシリオが顔を上げる。涙で濡れた瞳でフェルナンドを睨みつける様《さま》は情けないが、妙な迫力もあった。

フェルナンドはセシリオが睨んでいることなどまるで気にとめず、微笑み続ける。

「体調を崩すことは誰にでもあることだよ、そんなに責めないで。彼らは十分休んで、今は真面目に働いていると聞いている」

「ぐぅ！　この、腹黒王子……！」

飄々《ひょうひょう》として笑顔を崩さないフェルナンドと、自分が仕える王子に敵対心をむき出しにするセシリオ。穏かではない二人の間で、イリスはため息をつく。

「お兄様、フェルナンド様に失礼ですよ。お立ちになって」

「イリス！」

差し出された手をぎゅうっと両手で握り、セシリオが妹に縋《すが》りつく。

「いいか。何かあれば、すぐに俺に言うんだ。たとえ王子といえど、お前を弄《もてあそ》ぶようなことをしたら、手足を切り捨てて本当に蛇にしてやる！」

「それは怖いな。でも、そんなことはしないから安心してよ。それより、ちょっと、早く、その手をっ、離してくれる？」

イリスの手を握るセシリオの手首を掴《つか》み、フェルナンドが笑った。

なんだかギリギリと音がしてきそうなほど、その手に力が入っているように見える。

「フェルナンド様こそ、離して、いただけ、ますか？　妹とのっ、別れを、惜しんでっ、いる、のでっ！」

セシリオが負けじと言い返す。

一体なぜ二人はこんなにも仲が悪いのか。

イリスは首を傾げるばかりだった。

そんな一悶着《ひともんちゃく》あった出立の日から、すでに一週間が経った。

イリスに宛《あて》がわれた部屋へ荷物を運び入れる作業も一段落《いちだんらく》し、彼女はお妃修業を始めている。

とは言っても、意外にやることは少ない。

手配された家庭教師がすぐにイリスの知識に太鼓判を押し、マナーやダンスも新しく習う必要がないためだ。

ただ、ほとんど外に出たことのない彼女は、まだ貴族たちの名前と顔を一致させることができず、彼らとしっかりコミュニケーションをとるといった社交面が課題だった。それについては経験を積むことでしか身につけられないと言われている。

流されるままに王子の求婚を受けてしまったイリスだが、蛇さんであるフェルナンドを守りたいと思った気持ちに嘘はない。

ひとまず彼に恥をかかせない程度には、王子の婚約者としての振る舞いを習得するべきだろう。

そこで彼女は、フェルナンドの公務に同行することを願い出た。

最初は渋っていたフェルナンドだが、ちょうど王族と古くから懇意にしている領地の訪問を控《ひか》えていたため、そこならばと了承してくれる。

領主夫妻は気さくな人だから、まだ王子の婚約者として日の浅い彼女の初めての訪問先として最適だろう、ということで決まった。

今日がその訪問の日だ。

「緊張している？」

「は、はい」

外出なんて数えるほどしかしたことがない上、王子の公務に同行するのだ。緊張しないほうがおかしい。

「でも、嬉しくもあります。フェルナンド様とご一緒に何かをできるのです。お役に立てるように頑張ります」

屋敷で母とお茶をしたり、庭に出て友達と話したりするのとは違う。

好きな人の役に立つという明確な目標——それは、イリスにとって新鮮なことだった。

課された役割を果たさなければと、気分が高揚している。

「そんなに気負わなくても大丈夫だよ。今日訪ねるアルホフ伯はラングレー伯とも懇意だし、僕の隣にいれば心配ない」

拳《こぶし》を握り締めて気合を入れたイリスを見て、フェルナンドが苦笑する。

彼がこの訪問の前にしっかり準備していることを彼女は知っていた。特にここ数日はいつもより帰りが遅く、聞けば、通常の仕事の後に視察のための事前調査をしていたとか。

パトリス国王が前回の視察で指摘した改善点がきちんと解決されているかどうか確認するため、前回の資料を読み込み、内容をすべて覚えたらしい。

だから、フェルナンドは落ち着いていられるのだろう。

そんな大切な仕事を手伝わせてくれることが嬉しくて、イリスも領地についての基礎知識を学んだ。彼女の最大の課題はコミュニケーション。ならば、少しでも領主様と領地経営について話し合わなければ！

イリスは今まで感じたことのない気持ちで張り切っていた。

馬車に揺られたのは数刻ほどだろうか。あまり長旅にならないうちに目的地に着く。

まずは視察ということで、アルホフ伯が治める領地の学院と教会を回った。

どちらも、丁寧に運営されており、問題がないことを確認する。

行く先々で、フェルナンドは同行する伯爵に領民の様子を質問していた。

その内容は、孤児院の経営はどうか、街の警備は十分かなど、多岐に亘《わた》る。

イリスは、慣れた様子でテンポ良く進む王子と伯爵の話をただ聞いているだけで精一杯だ。

フェルナンドは隣に立っているだけでいいと言うけれど、何もしないのは気が引ける。これでは何しについてきたのかわからなかった。

イリスは何か自分にできないかと、彼らの話を聞きつつ必死できっかけを探す。

その間も、王子と伯爵の話は続いていた。

「最近の天気はどう？　まぁ、ここは城下とほとんど変わらないとは思うけど……」

「そうですね。ここのところ、何週間も晴れの日が続いています」

ふいに二人が天気の話を始める。

(この話ならわかるわ！)

イリスはここぞとばかりに口を開いた。彼らの会話に入るには今しかない。

「お天気がよくて、嬉しいですよね。皆さんも喜んでいらっしゃるのでは？」

そう微笑むと、二人は一瞬顔を見合わせて眉を下げた。

「うん、そうだね。天気がいいのは気分がいい、それは間違っていないよ。……ただ――」

「そろそろ雨も降ってほしいですな」

フェルナンドとアルホフ伯は苦笑しつつそんなことを言った。今の天気に不満なようだ。

どういうことだろうか？

雨が降ると庭に出られないので、友達に会えない。イリスは、雨の日はいつも、屋敷の中で庭園を眺め、ため息をついたものだ。雨足が強いと花が散ってしまうのも寂しい。

イリスが不思議そうな顔をすると、フェルナンドが説明してくれた。

「長く雨が降らないと水が不足してしまうんだ。そろそろその備えをするべきか考えていたんだよ。でも、まだ大丈夫なんだ。数年前に父上が作った溜め池があるからね」

「まぁ……そういうこともあるのですね。私、気がつかなくて」

水不足――知識としては知っているが、自分の生活で困ったことがなかったので、まったく思い至らなかった。それどころか、庭園の友達と会うことばかりを考えていたなんて……

イリスは自分の認識が恥ずかしくて俯《うつむ》く。

ただの伯爵令嬢と王子の伴侶《はんりょ》では、考えなければならないことが違う。

漠然と理解しているつもりでも甘い認識でしかなかったことが、今浮き彫りになった。

フェルナンドとアルホフ伯は「少しずつわかるようになる」と励ましてくれたけれど、その後もイリスの気合は空回りするばかり。

次こそは、と意気込む気持ちとは対照的に、また失敗してフェルナンドに恥をかかせてしまったらどうしようという気持ちもあって、なかなか彼らの会話に加わることができない。

そうこうしているうちに、フェルナンドはどんどん予定されていた視察をこなしていく。

「騎士の人数は足りている？」

「ええ、おかげさまで。警備はもちろん、市場への荷運びまで手伝っていただいて、とても助かっています。皆も感謝していますし、子供たちにもいい刺激になっているようです」

街を歩きながら、王城から派遣している騎士の人数もしっかりチェックしているようだ。フェルナンドの少し後ろを歩いている従者が騎士とすれ違う度に何やらメモを取っている。

「ああ、それはいい傾向だよ。そういえば、学院への入学希望も増えたようだと報告書にはあったね」

「ええ。ただ、うちの学院はそんなに大きくありませんから、なかなか全員の希望を叶えられないのが心苦しいところです」

アルホフ伯爵領はそれほど大きな領地ではないので、小さな学院が二つあるだけだ。先に視察したほうの校舎の教室はどこもいっぱいで、小さな子供を教える教師は大変そうだった。

「そうだね……女の子が少なかったのも気になったな」

「騎士課程は、どうしても男子優先でして……」

「それは困るな。女性騎士は人数が少なくて、城でも問題になっているんだ。貴族の娘の護衛依頼なんかは、女性を希望する父親が多くてね」

フェルナンドは顎《あご》に手を当てて悩ましそうな顔をする。

「でも、他の領地にも教師不足の問題を抱えているところがあって、予算をどうするか考えなければならないから、この問題は持ち帰らないと……」

イリスは彼の見解を聞き、感心して頷いた。

同時に、足りないのなら増やせばいいのでは、と安易に考えていた自分が情けなくなる。他の領地や経済的なことまで頭が回らなかった。

目の前のことしか考えられないのは、イリスが改めなければいけない点だろう。

「この件は、僕が報告書と提案書を作って国王に提出しよう。その資料のために、具体的な入学希望者の数や必要な教師の人数をまとめて城に送ってくれるかな？」

「はい。承知いたしました」

アルホフ伯は、フェルナンドの提案にホッとした表情を浮かべる。彼も子供たちの教育はしっかりやりたいと思っているのだろう。

その後も市場や畑の様子まで細かく確認し、ようやく伯爵家へ戻る頃には、イリスはへとへとになっていた。

途中、馬車を使うこともあったけれど、徒歩での移動もかなり多かったので、足が痛い。

「イリス、大丈夫？　疲れた？」

伯爵家に到着し、馬車を降りたところで、フェルナンドが手を差し伸べつつ問う。

「だ、大丈夫です！　フェルナンド様のほうがお疲れなのでは？」

ただ彼らに付き添って移動していただけのイリスとは違い、フェルナンドはそれぞれの場所で責任者たちと話したり、伯爵と問題点や改善方法を挙げたりしていた。

馬車の中でも従者が書き取った資料を確認し、とても忙しそうだったのだ。

「僕は大丈夫だよ。いつものことだ」

「いつも、こんなにお仕事をしていらっしゃるのですね。素晴らしいです。やっぱり、フェルナンド様は私たちの誇りです！」

イリスがやや前のめりにそう言うと、彼はグッと言葉に詰まってふいっと視線を逸《そ》らす。耳の縁が少し赤くなっている。

「それは、イリスが…………から」

「フェルナンド様？」

何やらもごもごと言うフェルナンドに首を傾げると、彼はわざとらしく咳払いをして「何でもない」と彼女の手を引いた。

玄関ホールへ足を踏み入れると、アルホフ伯と夫人が出迎えてくれる。フェルナンドはイリスの肩をそっと抱き、伯爵夫人のほうへ促《うなが》した。

「イリス、ごめんね。僕たちはもう少し仕事の話があるんだ。その間、アルホフ伯夫人が庭を案内してくれるそうだから、行っておいで」

「あ……は、はい」

一瞬、自分も行くと言いかけて、イリスはそれを呑み込んだ。

これ以上、フェルナンドに迷惑はかけられない。

「イリス様、参りましょう」

「はい。よろしくお願いいたします」

後ろ髪を引かれつつ、フェルナンドと伯爵と別れたイリスは、庭に出るとテーブルへ案内された。そこにはお茶菓子とティーカップが用意されている。

「イリス様、お疲れになったでしょう？」

「いいえ。私は何もしていません。それどころか、無知でお二人にはご迷惑を……」

イリスが肩を落とすと、アルホフ伯夫人はクスクスと笑う。

「今日が初めてのご視察なのでしょう？　そんなに落ち込むことはありません。私も、夫に嫁いだころは、領地の経営がどういうものかなんてちっとも知りませんでした。勉強はしたつもりだったのですけれど……でも、少しずつ、経験を重ねてわかることもあります」

「そう、なのですか？」

「ええ。イリス様は、聡明な方だと伺っておりますわ。きっと大丈夫です」

夫人は柔らかく微笑んで、そう慰《なぐさ》めてくれた。

イリスは「ありがとうございます」とお礼を言い、すすめられた紅茶に口をつける。しかし、心は重いままだ。

フェルナンドは常に国民の目線で彼らの憂《うれ》いを取り除こうと努力していた。ところが、それを助けたいと思っていたイリスの気合は空回りしてばかり。

家庭教師に教わってきた知識は、ただ頭の中に入っているだけだ。経験の差があるとはいえ、フェルナンドはあんなに真摯《しんし》に振る舞っていたのに、イリスは何もできなかった。役に立たないどころか、足手まといもいいところだ。

結局、その日のイリスは何一つ成果を出せないまま城へ戻った。初めての公務は、自分の無力さを思い知るという苦い経験になったのだった。

＊＊＊

翌日。

イリスは昨日の失敗を引きずりつつ、自室で編み物をしていた。

昨日は特別に視察に同行させてもらったが、毎日そういうわけにはいかない。イリスが王族の仕事を手伝うのは、まだ早いと昨日のことからわかってしまってもいる。

勉強しなければと焦るものの、何から手をつけていいかわからない状況だ。仕方なく、今まで家でしていたのと同じ——編み物をして過ごしている。

フェルナンドは「そのままでいい」と言うばかりで、彼女に仕事を教えてくれない。

そのくせ、自分は公務に行ってしまうのだ。

城に上がってから、夜はフェルナンドとずっと一緒にいるが、昼間、イリスは手持ち無沙汰だった。

彼がイリスを外に出したがらないので、外出はできない。

もっとも、幼い頃から外出の習慣がなかった彼女は、外で遊びたいとも思わなかった。

（でも、これではお城に来た意味がないわ……）

ラングレー邸では何とも思わなかった外出禁止という約束も、ここでは窮屈《きゅうくつ》に感じてしまう。フェルナンドの役に立つという目標ができたからだ。そのための努力ができない状況が焦りを生む。

「はぁ……」

思わず大きなため息を零《こぼ》したイリスは、鬱々《うつうつ》としてきた気持ちを晴らすため、城の庭園に出てみることにした。

庭は自由に出入りしていいと言われている。ラングレー邸の庭園とは比べ物にならないほど広いそこで、友達を見つけようと思ったのだ。

ところが、ラングレー邸よりも厳重に管理されている城の庭には、ほとんど動物がいなかった。せいぜい小鳥が舞い下りてくるぐらいだが、彼らは気まぐれで、イリスに見向きもしてくれない。

仕方なく彼女は部屋に戻り、与えられた教科書を読んだり、趣味の編み物に精を出したりして過ごした。

（フェルナンド様は呆れてしまわれたんじゃないかしら……）

どうしても昨日のことが気がかりで、つい編み物の手が止まる。

彼はいつも通りだったし、イリスを励ましてもくれた。それでも、不安になってしまう。

人との関わりには慣れが必要だとも言われたが、イリスはなるべく早く昨日の失態を挽回《ばんかい》したかった。

自分はフェルナンドの婚約者となったのだ。国民のために一生懸命働く王子の支えになりたい。

彼の仕事に対するひたむきな姿を見るたびに、その気持ちは強くなる。

だが、残念ながらその機会は多くない。

イリスはまだ婚約者という立場だし、城に上がって日が浅い。

先日は特例で視察に同行させてもらったけれど、王子の婚約者として彼の補佐をこなせるほどの器量はなかった。

その上、結婚式の準備も少なからずある。

(何かフェルナンド様のお役に立てることがないかしら？)

そうしてしばらく悩みつつも、途切れ途切れに手を動かし、編み物を続けた。

しばらくすると、部屋の扉が開く。

「イリス！」

開いた扉から入ってきたのはフェルナンドだ。彼は真っ直ぐにイリスが座るソファへやってきて、彼女の隣に腰を下ろした。

そして彼女を抱きしめ、首筋に顔を寄せ、すんすんと匂いを嗅《か》ぐ。

「ん〜イリスの匂いだ」

「は、恥ずかしいです。フェルナンド様」

イリスが身を捩《よじ》ると、王子はふふっと笑い、蛇と同じ形の舌を出した。

「ごめん。でも、一日離れていたら寂しくて。編み物をしていたの？」

「はい。もう暖かくなってきたので、レース編みです」

冬に向けてはマフラーや手袋、帽子などを編むが、夏には必要がないので、この季節はレースを編んでいる。

ラングレーの屋敷では、テーブルクロスなどにするためのモチーフを作っていた。今は自分のドレスの装飾を編んでいる。

「へぇ、すごい。難しそうなのに、とても綺麗」

フェルナンドはイリスが持っている編みかけのレースをそっと指でなぞり、感心している。

「慣れると手が勝手に動いてくれるんですよ。これももうすぐ出来上がるので、次は何を作ろうか悩んでいるところです」

「それなら、僕のマフラーを作ってよ」

「マフラーですか？　でも、冬はもう……」

「いいんだ。僕はマフラーがほしい」

冬が終わったばかりでマフラーは使い道がないだろうと首を傾げるイリスに、フェルナンドは重ねて言った。胸ポケットから小さな赤い毛糸の固まりを取り出し、手のひらに載せる。

「蛇さんマフラーとお揃いの、赤いマフラーを作ってくれない？」

「あ……それ」

イリスは見覚えのある小さなマフラーとフェルナンドを交互に見た。

「どうしてそんなに驚くの？　イリスが蛇さんにくれたマフラーだよ。覚えてるでしょ？」

「は、はい。覚えています。でも、あれ以来、蛇さんはマフラーをしていなかったから……」

「ああ、うん、そうだったね。蛇の姿のときは手がないから、自分ではマフラーを巻けなかったんだ。人間の姿の僕には小さすぎてつけられなかったし……でも、大事にしているよ」

フェルナンドの説明を聞いて、イリスはハッとする。

蛇がマフラーを巻けないことくらい、すぐに気がつくべきだった。しかも、かなりきつく巻かないと蛇には使えないマフラーの巻き心地は、お世辞にも良いとは言えないだろう。

そんな簡単なことを見逃していたどころか、彼がマフラーを気に入らなかったのではないかと見当違いなことで落ち込んでいたことが恥ずかしい。

「蛇さんマフラーもいいけど、人間用のマフラーが欲しいんだ。ダメ？」

「いいえ。では、次はフェルナンド様のマフラーを作りますね」

「よかった、嬉しい。イリス、大好きだよ！」

希望を聞き入れると、彼はとても喜んで、イリスを抱きしめた。

「ふふ。イリスの匂いがついたマフラー、楽しみだな」

「も、もう……！　匂いを嗅《か》ぐのはやめてくださいと言っているのに」

「イリスはいい匂いだから大丈夫だよ。眠る前に嗅《か》ぐと安心する。あ、でも、蛇さんマフラーの匂いは大分薄れてきちゃったんだ。またつけてもいい？」

「つけるって――ひゃっ」

イリスの返事を聞く前に、フェルナンドは握っていた小さなマフラーを彼女のドレスの胸元へ押し込んだ。

豊満な胸の膨らみの間に挟まれたマフラーと、胸元に触れるフェルナンドの唇。

イリスはその両方に恥ずかしくなる。

「ここが、一番いい匂いかな？　それとも、こっちかな？」

「あっ、や」

フェルナンドがコルセットで押し上げられた膨らみをぺろりと舐《な》め、イリスのスカートを大胆に捲《まく》った。素早く内腿《うちもも》に手を滑らせる。

「甘いのはこっちの蜜だけど……いやらしい匂いだと興奮しちゃうからダメかなぁ」

上機嫌でイリスの足の付け根を探るように指を動かし、下着に触れた。

その刺激に、イリスはビクッと腰を引く。

彼女の腰を追いかけるように王子がかぶさってきて、イリスをソファに押し倒した。

「んんっ、フェルナンド様、ダメ」

「ダメ？　でも、好きな人にはたくさん触りたいんだ」

「は、恥ずかしい……」

好きな人に、と言われたことにイリスは、ときめく。けれど、まだ明るいうちから深い交わりを求めるフェルナンドのボディタッチには、照れてしまう。

身を捩《よじ》ると、そんな小さな抵抗すら愛《いと》しいといわんばかりに、フェルナンドに頭を撫《な》でられた。

「恥ずかしがるイリスも可愛いね。髪の毛もすごく綺麗だし、小さな身体も、いやらしいところも、全部……」

長い金髪を一房すくい、王子はそこへ口付けた。続いて顔中にキスの雨を降らせ、じゃれついてくる。

だんだんとその手つきが妖しいものへ変わり、彼の瞳の中に、情欲の炎が灯った。

惜しみない愛情を言葉と行動で示すフェルナンドに、イリスの胸は高鳴り続ける。心臓が壊れてしまいそうなほど早鐘を打ち、身体が火照《ほて》った。

「フェ、フェルナンド様」

「可愛い……イリス。食べたくなっちゃう」

フェルナンドの顔が近づいてくる。

彼の「食べる」の意味は、もう十分すぎるほど理解した。言葉にするのは恥ずかしい、けれど、愛《いと》しい人と触れ合える幸せな行為。

フェルナンドに教えられた甘い疼《うず》きを思い出し、イリスは頬を染めた。

「あ……ダメ……」

彼の胸板を押し返すも、弱々しい力では止められない。

唇が触れそうになる、そのとき――

扉をノックする音が響いて、フェルナンドがむすっと顔を歪《ゆが》めた。

「イリス様、フェルナンド様」

すぐに聞こえてきた声は、イリスの世話係である侍女のものだ。

イリスが城に来て以来、決まった顔ぶれが交代で世話をしてくれている。ただ、彼らはイリス専属というわけではなかった。

フェルナンドが強引にイリスの城入りを進め、結婚の準備を急がせているため、使用人たちの配置は調整しきれていないらしい。

できる限り早く専属の世話係をつけると言われているが、皆、親切で丁寧に接してくれるので、イリスは特に不便をしていなかった。

そんな世話係の呼ぶ声に、フェルナンドも答えないわけにはいかなかったようだ。

「はい、どうぞ」

イリスを解放して、隣に姿勢を正して座った。ドレスの胸元も整えてくれる。

イリスは蛇さんマフラーをフェルナンドへ返した。

「失礼致します。国王陛下がお呼びです」

「パトリス様が、私もですか？」

イリスは驚いた。

国王夫妻には城に移った初日に挨拶をし、食事を共にした。

二人共温厚で、息子の婚約を喜び、イリスを歓迎してくれている様子だったが、それ以降は顔を合わせていない。

公務で忙しい彼らがわざわざイリスにも会う時間を作るなんて、何か特別なことがあったのだろうか？

「はい。お二人には、すぐにお支度を整えて、謁見の間へいらしていただきたく……」

「わかりました」

イリスは頷いて、編んでいる途中のレースを棚の引き出しにしまった。

すぐに侍女がクローゼットから出してくれた肩掛けを羽織《はお》る。

フェルナンドは今しがた公務から戻ったばかりで、着替える必要はない。けれど、あまり気乗りしないのか、仕方なさそうに両肩を上げた。

そして、イリスをエスコートしようと手を差し出す。

彼女はその手を取って、フェルナンドと共に謁見の前へ向かった。


二人が謁見の間へ到着したときには、まだ国王夫妻の姿はなかった。

「呼び出しておいて、まだ来てないんだね」

フェルナンドが不満げな声を出すので、イリスはひやひやしてしまう。

謁見の間というのは、神聖な場所だ。入るだけでもとても緊張する。

今日は国王夫妻から直々に話があるというのだから尚さらだ。

「お話って、何でしょうか？」

「このタイミングで父上からの話といったら、結婚式のことじゃないかな？」

一方のフェルナンドはかなりリラックスした様子で、欠伸《あくび》までしている。

「そんなに緊張しなくても大丈夫だよ」

イリスがカチコチに固まっているのを見て、彼は苦笑しつつ彼女を抱き寄せた。安心させるためか、額《ひたい》や頬に軽いキスを落とし、背中を撫《な》でてくれる。

そこへ、国王パトリスが、王妃を伴い謁見の間に入ってきた。

「フェルナンド、イリス。待たせてすまない。少々会議が長引いてな」

軽く挨拶をした後、王妃と並んで玉座に腰を下ろす。

イリスとフェルナンドが姿勢を正して玉座へ向き直ると、王は早速話し始める。

「話というのは、フェルナンド。お前の戴冠についてだ」

「戴冠ですか？　父上は退位なさると？」

フェルナンドは驚いたような声を上げた。

いずれそうなることは理解しているが、今その話が出るのはいささか急だ。少々困惑しているようにも見える。

国王パトリスはまだ現役で働ける歳《とし》だし、健康状態も良好。今すぐ退位する理由などない。

訝《いぶか》しげなフェルナンドに対し、パトリスはおもむろに口を開いた。

「いや、その逆だ。このままでは、お前に王座を譲れない」

「は？」

フェルナンドが呆けた声を出し、イリスも目を丸くする。

国王夫妻をまっすぐ見つめると、彼らは苦々しい顔をしていた。

フェルナンドは国王夫妻にとって唯一の男児。姉姫は一人いたが、すでに古くからジグリア王家に忠誠を誓っている公爵家へ降嫁《こうか》している。

それなのに、王位を譲らないというのは……一体どういうことなのだろう。

「ど、どうしてですか？」

フェルナンドが何も言わないので、イリスは思わず一歩前へ出て、国王夫妻に問いかけた。すると、パトリスが長い息を吐き出す。

「フェルナンドがこのジグリア王国の王として相応《ふさわ》しいと思えないからだ」

「そんな……！　フェルナンド様は毎日公務に励んでいらっしゃいます。それはパトリス様もご存じではありませんか」

「そうだな。しかし、私たち王族にとって、公務をきちんとこなすことは当たり前のことだ。仕事をしているからといって、王族としての振る舞いに問題があることを見逃すわけにはいかない」

諭《さと》すようにそう言い、国王はイリスに視線を向ける。

「イリスもこの国の歴史は知っているだろう？　我々の祖先は龍の血を飲み、その力を借りることでジグリア王国を築き上げた」

「はい。存じております」

この国の常識となっている建国史はもちろん勉強したし、実はちょっと考えていたことでもある。それは、龍の血を受け継ぐはずのフェルナンドがどうして蛇に変身するのか――ということだ。

なぜか手のひらに滲《にじ》み始めた汗を握り、イリスは横目でそっと彼の様子を窺《うかが》う。

フェルナンドの表情には色がなく、どこか空虚感を漂《ただよ》わせていた。その姿は痛々しく見え、イリスの心がざわつく。

「文献からもわかることだが、王族の中には稀《まれ》に先祖返りと言われる者が生まれる。龍に姿を変えられる者のことだ。だが……」

「フェルナンド様は、蛇さんですよね？」

「そうだ。フェルナンドは本来、龍に姿を変えられる。ところが、今は蛇だ。……イリス、君に出会う前のフェルナンドはかなり荒れていたのだ。若さ故《ゆえ》もあるだろうが、私たちに反抗し、公務もせず遊び歩いてばかりいた。そのせいで、龍王はお怒りになり、フェルナンドを蛇の姿に変えたのだ」

イリスへの説明を終えると、パトリスはフェルナンドへ視線を戻す。釣られてイリスも隣の彼を見やった。

彼は口を引き結び、何かに耐えているような表情をしている。

自分と会う前のフェルナンドがどんな様子だったのかイリスには想像もつかないが、国王の座を譲らないと父親に言われたのだ。大きな衝撃を受けているに違いない。

「ジグリア王国の王は、龍王の血を継ぐ者として威厳を保たなければならない。龍王を怒らせ、蛇になってしまったお前は、この地位に相応《ふさわ》しくないと私は考える」

重々しい空気の中、パトリスも苦虫を噛み潰したような顔だ。その表情を見てイリスは、本心では息子に自分の後を継いでほしいのだろうと推察した。

パトリスは国王としての責任から、息子を甘やかさないことにしたに違いない。

「しかし、お前が先祖の血を一番色濃く受け継いでいることは事実だ。この一年で、行いも随分改まった。そこでお前に、龍王がかけた蛇の魔法を解くことを命じたい」

パトリスはそう言って、やや表情を緩《ゆる》めた。

「イリスと協力し、その方法を見つけ、必ず龍の姿に戻りなさい。そうして私の後を継ぎ、この国を治めてほしい。私たちは皆、お前に期待しているのだ」

謁見の間に沈黙が満ちる。

イリスは国の未来に関わる事態に固唾《かたず》を呑んだ。

フェルナンドは国王になるべき人だ。龍の血を受け継ぐ王子として生まれ、国民のために真摯《しんし》に働いている。

婚約者としてそばにいる時間はまだ短いけれど、イリスはフェルナンドがしっかり王子としての責務を果たしていることを知っているし、それを尊敬していた。

きっと、龍王様もわかってくれているはず。

フェルナンドが蛇になる魔法をかけられた理由についてはよくわからないことが多かったが、パトリスの言い方からして、龍王自《みずか》ら王子と接触したようだ。

ならば、もう一度龍王に会い、フェルナンドにかけた魔法を解いてもらえばいいだろう。

パトリスもそう思っているからこそ、「龍王がかけた蛇の魔法の解除」という条件を息子に課したに違いない。

そして、イリスにも力を貸してほしいと言った。責任の大きさに不安はあるけれど、頼りにされるのはとても嬉しい。

今まで家族に守られてきたイリスにとって、誰かに必要とされるのは新鮮な感覚だ。

これは、昨日の失態を挽回《ばんかい》するチャンスでもある。

フェルナンドの役に立てるのなら、最善を尽くそう。

そう思ったイリスは、意気込んで口を開いた。

「はい！　もちろ——」

「わかりました。考えておきます」

ところが、暢気《のんき》な声に割り込まれる。フェルナンドだ。

彼は肯定とも否定ともつかない、曖昧《あいまい》な返事をした。

自身の王位継承に関する深刻な問題であるはずなのに、そんな軽い返答が許されるはずがない。

慌てて彼を止めようと身体の向きを変えると、フェルナンドは笑っていた。先ほど青ざめていたのが嘘のようだ。

けれどイリスには、彼がショックを隠そうと空元気を出しているようにも思えた。

「話はそれだけですか？　でしたら、僕たちはもう行きます」

そう言って、フェルナンドはイリスの手を取る。

「フェルナンド様!?」

「フェルナンド、待ちなさい」

国王が引き止めるのを無視して、フェルナンドは早足で謁見の間を出てしまう。

扉から出て行く直前、イリスが慌てて玉座を振り返ると、頭を抱える国王と神妙な表情で息子を見送る王妃が見えた。

怒っているというよりは、息子の反応を予想していたという感じだ。

「フェルナンド様、お待ちください。戴冠のお話は、重要なことなのではありませんか？『考えておく』というのは、あまり良いお返事には思えませんでした。パトリス様ともっときちんとお話ししないと……」

「う～ん。……でも僕は、国王になりたいわけではないんだ」

廊下をどんどん進んでいってしまうフェルナンドに声をかけると、彼は一見屈託のなさそうな笑顔をイリスに向ける。

その笑顔が痛々しいと感じるのは、国王になりたくないという彼の言葉が本心ではないとイリスが信じたいからだろうか。

「そんな！　でも、パトリス様はフェルナンド様に王位を継いでほしいと思って――」

「期待しているなんて言われても……正直、迷惑だよ。王子だから優れているとは限らない。僕は龍になれなくなってしまったし、先祖にも現国王にも見放された。僕が国を統治するのは、きっと無理だ。現に、『遊び人』の僕を国王にしたくないという貴族だっている」

フェルナンドの言葉に、イリスは絶句する。

これでは、自《みず》ら国王の地位を捨てると言っているようなものだ。

黙り込んだイリスに、フェルナンドは強い視線を向けた。

「蛇のままでも生活に支障はないし、むしろ龍に戻るほうが不便だと思うな。イリスは、大好きな蛇さんに会えなくなってもいいの？」

「それは……蛇さんに会えないのは寂しいです。ずっと、お友達だと思っていましたから」

正直に答えると、フェルナンドは「ね？」と首を傾げる。

「僕は、イリスが見つけてくれた蛇さんでいい。イリスが好きな蛇さんのままでいたい」

「ま、待ってください！　寂しいというのは、蛇さんのままでいてほしいという意味ではありません」

再び歩き出そうとするフェルナンドの手首を、イリスは思いきり引っ張る。

「どんな姿でもフェルナンド様はフェルナンド様です。だから――」

そう告げる彼女に、フェルナンドは疑わしげな顔をする。

「どんな姿でもいいなら、蛇さんでもいいでしょ？」

「そうではなくて……」

王子の屁理屈に、イリスは言葉に詰まった。これでは話が堂々巡りになる。

「うぅ」と唸《うな》って次の言葉を考えていると、彼は後頭部を掻《か》いた。

「イリスはそんなに僕に国王になってほしいの？」

「それは、もちろんです。フェルナンド様はジグリア王国の正統な後継者です。国民のために一生懸命働いてくださるお姿を尊敬しています。貴方が国王になるために龍に戻らなければならないのであれば、私は伴侶《はんりょ》としてお役に立ちたいのです」

「そう……まぁ、イリスがそう言うのなら、仕方ないけど」

「あっ！」

フェルナンドが小さくため息をついて歩き出した。今度は強く腕を掴《つか》まれていて、振りほどけそうにない。

それ以上の会話を拒絶するかのような彼の背中に、イリスは言いようのない不安に苛《さいな》まれた。

フェルナンドの口から出てくるのは、中途半端な答えばかりだ。

彼はジグリア王国の王子で、次期国王。それは、本人を含め誰もが当然だと思っている事実で、揺るがないものだと、イリスは思っていた。

それなのに、彼自身にその地位を継ぐ意志がないどころか、自《みずか》ら手放そうとすらしている。

そして、そんな彼をイリスは止めることができないでいるのだ。

(どうしよう……)

パトリスの心配そうな表情を思い出し、イリスは困り果ててしまった。

＊＊＊

数日後。

イリスは公務へ向かうフェルナンドを見送った後、城の書庫へ向かった。

パトリスの話を聞いてから何度も説得を試《こころ》みたものの、フェルナンドを乗り気にすることができない。

彼は「イリスが好きだという蛇さんのほうがいい」「どんな姿でも僕は僕だって、イリスは思ってくれるんでしょ」と、意見を曲げようとしないのだ。

まるで子供のような彼の言い分に、ほとほと困っていた。

しかし、王子が龍に戻ることは、ジグリア王国にとって最重要事項だ。

もはや伝説になった国の起源――それを体現する王子が今この世にあるということは、この国にとって貴重な財産である。

そんなフェルナンドの存在がイリスは誇りに思えるし、それは彼にとっても同じはずだった。

フェルナンドの妻――この国の王族になる身として、イリスはどうにか力になりたい。

(蛇さんも可愛いけれど、それではダメなのよね)

イリスは、蛇の姿のフェルナンドを思い出す。

初めて会ったとき、彼は怯《おび》えた様子だった。けれど、すぐにうちとけた賢くて優しい蛇さんは、人間味があって親しみを感じた。本当の姿は人間なので、当たり前と言えば当たり前なのだが……

イリスの話を聞いて、一生懸命身体を動かして相槌《あいづち》を打ってくれるところも可愛い。

(よく考えたら、私の言ったことは全部フェルナンド様に聞かれてしまったということよね)

一年という長い間のあれこれに、かぁっと頬が熱くなる。

知らなかったとはいえ、王子本人に彼の素晴らしさを熱弁していたこともあるなんて、恥ずかしい。

それだけではない。蛇さんに「ずっと友達でいてほしい」と何度、懇願したことか……

『蛇さん！　どこへ行っていたの？　心配したのよ。怪我をしたり病気になったりしたのかもって、不安だったわ。もう会えないかと思って……』

出会ってから少し経った頃、ほとんど日を空けずに姿を見せていた蛇が一週間ほど来なくなったことがある。そのとき、イリスは蛇に泣きついたのだ。

今考えると、フェルナンドは王子としての仕事があるのだ。毎日のようにイリスに会う時間を捻《ねん》出《しゅつ》するのはどれだけ大変だっただろう。

蛇の身に何かあったのではないかと気が気でなかったとはいえ、無茶なお願いをしたものだ。

けれど、泣き出しそうなイリスを慰《なぐさ》めるように、蛇は彼女の頬をチロチロと舐《な》めてくれた。

『蛇さん、貴方は私の特別なお友達なの。ずっと仲良くしてほしいわ。お願いね』

そう頼むと、蛇は頭を上下に動かして頷いた。

『ありがとう。大好きよ、蛇さん』

イリスはこれからも蛇さんと友達でいられることが嬉しくて、天にも昇るような気持ちになったのを思い出す。

あれから一年。

彼の本当の姿を知った今でも、蛇さんはイリスの特別だ。

彼の姿を見られなくなるのは確かに寂しいが、フェルナンドがあの蛇さんであるのは間違いない。

彼の優しさに変わりはないのだ。

そんなフェルナンドの優しさに報《むく》いるためにも、イリスは最善を尽くさなければならない。

家族に守られているだけだった自分から抜け出して、一人前の人間として認めてもらい、フェルナンドにそばにいたいという気持ちを伝えるのだ。

（まずは、龍王様にお会いしなきゃいけないのよね？　方法を探さないと……魔法とは違うのかしら？）

フェルナンドは龍王と接触したというが、イリスの知っている限りでは、死んだ人間を蘇《よみがえ》らせたり生前の姿の彼らに会ったりするための魔法は存在しない。

だから、とうの昔に亡くなっているはずの龍王様に会う、ということがどういうことなのか見当がつかなかった。

そこで、文献を調べようと思いついたのだ。

書庫へやってきたイリスは、ジグリア王国の歴史に関する本が並ぶ一角で唸《うな》る。

それらしい本を手にとって軽く目を通し、本棚に戻すという作業を繰り返していく。

どれもイリスが知っている以上のことは書かれておらず、次第に本を戻すのと同時にため息が零《こぼ》れるようになった。

この書庫は、貴族たちにも開放されているので、置いていない本もあるかもしれない。たとえば、王家だけに語り継がれるような本だ。

けれど、そんな門外不出の本をイリスが閲覧できる可能性は低い。

婚約者とはいえ、まだ彼女はただの伯爵令嬢だ。結婚の儀を済ませるまでは、王家の一員とは認められない。

そして、一番重要な問題が残っていた。

「フェルナンド様が――」

「僕がどうしたの？」

「ひゃっ!?」

つい声に出して呟《つぶや》いていたところに本人の声が耳元で聞こえて、イリスは飛び上がった。

そんな彼女を後ろから抱きしめ、フェルナンドがクスクスと笑う。

「ふふ。ごめんね。僕だよ。びっくりした？」

「フェルナンド様！　お、お仕事は？」

いつも彼が戻るのは夕食ギリギリの時間なのに。

「領地の視察は済ませたよ。何も問題なかったから早く終わったんだ。って言っても、いつもとそんなに変わらないんだけどね」

そう言われ、窓の外を見ると、すでに日が沈みかけていた。

本を読むのに没頭してしまって時間の感覚がなくなっていたが、イリスはかなり長居をしていたようだ。

「せっかく君と過ごす時間が長くなると楽しみに帰ってきたのに、部屋にいないから探しちゃったよ」

イリスの首筋にチュッと音を立ててキスをしつつ、フェルナンドが不満げに言う。

「書庫なんて珍しいところにいるね？　侍女に聞いたけど、ここ数日通っているんだって？」

「あっ……りゅ、龍王様に……お会いする方法をッ、やっ、ダメです！」

彼女が正直に書庫にいた理由を答えようとすると、それまで軽く肌を啄《ついば》んでいたフェルナンドがきつく首筋を吸った。同時に、大きな手でドレスの上から胸の膨らみを包み込む。

「そんなこと考えなくていいのに」

「で、でも……」

「でも、じゃないよ。イリスは僕のことだけ見ていて」

そう言って、フェルナンドがイリスの身体を反転させ、本棚に押しつけた。彼女の顎《あご》を持ち上げて、唇を重ねる。

「っ、ん……んん……！」

さらに彼は強引に唇を割り、舌を入り込ませる。

その舌がとても熱く、イリスはくぐもった声を漏らした。

ねっとりと口腔《こうこう》を這《は》うフェルナンドの蛇の舌。

チロチロと舌先が歯茎や上顎《うわあご》をくすぐり、イリスは身を捩《よじ》った。

フェルナンドは噛みつくような激しいキスで翻弄《ほんろう》しつつ、彼女の身体を撫《な》で回す。

「ふっ、んん、ン……ッ」

ドレスの上からとはいえ、明らかに淫らな意思を持って動く彼の手……イリスの弱々しい抵抗では到底止まらない。

やがて、激しい口付けで零《こぼ》れ伝う唾液を追いかけて、フェルナンドの唇がイリスの顎《あご》から首筋、鎖骨へと下りていく。

「言ったよね？　僕は蛇さんのままでいいって」

「でも、それでは王位を継承できません」

フェルナンドの肩を押し返そうと必死に腕に力を入れながら、イリスは答えた。

しかし、彼の愛撫は止まるどころか、どんどん大胆になっていく。

「それでも構わないって言った」

フェルナンドはイリスの胸元の布をぐいっと引っ張り、コルセットで持ち上げられた胸の膨らみを強く吸った。

チクリと走った痛みから、痕《あと》をつけたのだとイリスにはわかる。

フェルナンドは満足そうにため息をつき、今しがた自分がつけた痕《あと》に舌を這《は》わせた。

「ねぇ、イリス。蛇さんのこと、嫌いなの？」

「そうではなくて、私は、きちんとフェルナンド様の——」

イリスがなんとかフェルナンドを説得しようとしたとき、侍女の声が響く。

「イリス様？　フェルナンド様？　お二人共いらっしゃいますか？」

今日の世話係だ。

二人を探しているらしい彼女の声と足音が近づいてきて、イリスは慌てて乱れたドレスの胸元を整えた。

すると同時に、ポンと軽快な音がしてフェルナンドの姿が消える。すぐにぬるりとした感触が足を這《は》い上がった。

「きゃあっ⁉」

イリスは思わず悲鳴を上げる。

「イリス様？　あら、お一人ですか？　フェルナンド様もこちらにいらっしゃるかと思ったのですが」

二人を探しにきたらしい侍女が、イリスのいる本棚の間に顔を出す。

イリスは足首から膝、太腿《ふともも》へと上がってくる蛇を気にしつつ、侍女に答えた。

「あっ、あの……フェルナンド様は、んッ――」

足の付け根の間を蛇の顔で突《つつ》かれたせいで、鼻にかかった声が漏れてしまう。

イリスは顔を真っ赤にして首を横に振った。

「――い、いらっしゃっていません！」

淫らな声を誤魔化すように、少々大きな声で答える。

「そうですか。先ほどイリス様をお探しになっていたので、書庫にいらっしゃるとお伝えしたのですが……」

「な、何か……んんっ！」

御用ですか、と聞こうとした瞬間、下着の中に蛇が潜《もぐ》り込んだ。器用に太腿《ふともも》に身体を巻きつけて、泉の入り口にある赤い蕾《つぼみ》を頭で突《つつ》き、尻尾を蜜壺へ入れる。

「イリス様？」

ビクンと身体を跳ねさせたイリスに、侍女が首を傾げた。

イリスは涙目になりつつ、スカートを握り締めて快感を逃がそうと必死になる。

「あっ、の、急用ですか？」

足を閉じたいが、蛇を挟んで潰してしまうわけにはいかない。

イリスは蛇に秘めるべき場所を晒している状態だ。その上、尻尾を泉の入り口で出し入れされては、どうしたって身体が火照《ほて》る。

先ほどのキスのせいですでに蜜を零《こぼ》し始めていた彼女の秘所は、くちゅくちゅとかすかな水音を立てていた。

ドレスの中の出来事は、侍女にはわからない。それでも、人前でこんな淫らな行為に身を投じていることに、イリスは恥ずかしさでいっぱいだった。

「いえ、お食事のご用意がもうすぐだとお伝えに。イリス様も参りましょう」

「あっ、わ、私は——んぅ」

ペロリと敏感な花芯を舐《な》められて、イリスはビクンと身体を跳ねさせる。

「イリス様？」

「あ……っ、わ、たしは、本を片付けてから、すぐに、行きます……貴女は、フェルナンド様を探してくださ……ッ」

侍女に早くこの場を去ってもらわなければならない。これ以上変な声を出せば、誤魔化せなくなってしまう。

そんなイリスの気持ちなどお構いなしに、蛇は花芯を執拗《しつよう》に舐《ねぶ》った。さらに尻尾を蜜壺の奥へ埋め、イリスの弱い部分を刺激する。

「そうですか……？　では、いつものお部屋にいらしてくださいね」

「は、はい。ん……！」

明らかに様子のおかしいイリスを見て、侍女は怪訝《けげん》そうに首を傾げたが、それ以上は追及せずに踵《きびす》を返した。

あとは、彼女が書庫を出ていくまで我慢すれば……

だが、イリスの気が緩《ゆる》んだのと同時に、蛇の尻尾の動きが変わった。

奥の弱い場所で先端をくねくねと動かされ、快感が急激に膨らむ。

「は……やっ、蛇さ……ダメッ、ふぅ、んん――ッ！」

あっけなく絶頂を迎えたイリスは、膝から崩れ落ちそうになる。しかし、すぐに人間の姿に戻ったフェルナンドが彼女を支えた。

片手で腰を抱え込み、もう片方の手で上気した彼女の頬をそっと撫《な》でる。

「こういうときにも、蛇さんのほうがいいでしょう？」

「ひ、ひどいです」

幸い気づかれなかったとはいえ、侍女の前でこんな淫らな行為に及ぶなんて。

イリスは侍女が書庫を出ていったのを確かめながら涙目で訴えるが、フェルナンドは嬉しそうに微笑むばかりだ。

「ふふ。イリスだって蛇さんでたくさん感じていたくせに」

「そ、それは……！」

「蛇さんが好きだからだよね？」

クスクスと笑いつつも、フェルナンドはどこか寂しげな表情になった。

イリスの胸がチクリと痛む。

初めてフェルナンドが蛇さんだと知った夜も、同じような質問をされた。

蛇さんが好きかと聞かれ、王子のフェルナンドも好きになってほしいと懇願した彼は、泣きそうな顔をしていたのだ。

イリスが初めて彼を守りたいと感じたのは、あのときだった。

それは今だって変わっていない。

「蛇さんは好きです。私の大事なお友達ですから……でも、フェルナンド様のことだって……！」

「うん。僕のことも好きだよね？」

「きゃ――」

にわかに片足を持ち上げられ不安定な体勢になったイリスは、思わず彼の身体に抱きついた。直後、下着をずらされ、今度は彼の長い指が埋め込まれる。

「あぁ――っ」

蛇に弄《いじ》られて敏感になった花芯を手のひらで押し潰すようにしつつ、彼の指先は彼女の奥を擦《こす》る。

イリスの弱いところを知り尽くしたフェルナンドの巧《たく》みな動きに、彼女の中はいやらしく蠢《うごめ》き、彼の指に吸い付く。

「すごい、僕の指……食べられちゃいそうだ」

「んっ、あ、ああ……フェルナンド様、ダメェ」

額《ひたい》を合わせ、唇がくっつきそうな距離で卑猥《ひわい》な言葉をかけられ、イリスは涙目でフェルナンドを見つめ返した。

彼は彼女の瞳をじっと覗き込みながら、中に沈めた指を大胆に前後させた。

「んあぁ……は、あっ、ああ」

ぐちゅぐちゅと蜜の泡立つ音が大きくなり、その音にフェルナンドがますます煽《あお》られる。

「ここを弄《いじ》られるのが好きだよね……こっちも」

「ひゃあっ、あっ、あ、ダメ！」

奥からどんどん溢れる愛液をたっぷりまとった彼の指先が、花芯を小刻みに擦《こす》る。ビリビリと電流が走るみたいな強い刺激に、イリスは仰《の》け反《ぞ》って喘《あえ》いだ。

さらに埋まっていた指を抜かれ、蜜口から雫《しずく》が落ちるのを感じて身体を震わせる。

執拗《しつよう》に攻め立てられたイリスの限界は、すぐにきた。

「ああ、あ……ん、んんっ、あぁあっ！　はっ、は……ぁ、はぁ……」

イリスはフェルナンドの肩にしがみつき、絶頂の波をやり過ごす。

ぐったりと彼に身体を預ける彼女の背を、フェルナンドは優しく撫《な》でた。耳元にちゅっとキスを落とす。

それだけで瞬時に、イリスの身体にその熱が伝わった。

「イリス……可愛い。僕に触られて、こんなに濡らして……」

「あ……」

下着の中に再び手が忍び込み、しとどに濡れた秘所を覆《おお》うように滑る。その手の動きにまったく抵抗がないことで、どれほど自分が感じているのかを、イリスは思い知らされた。

「中も、気持ち良さそう」

「きゃっ、あああぁ――っ」

フェルナンドはうっとりと呟《つぶや》いた直後、強引にイリスの足の間に身体を入れ込んで、熱い昂《たかぶ》りを一気にねじ込んだ。

イリスの息が一瞬止まる。

すでに十分すぎるほど潤《うるお》った泉は、彼の剛直をスムーズに呑み込んだものの、その衝撃は大きく、身体が痙攣《けいれん》した。

「っ、は……っ、フェルナンド、様……」

「本当に可愛いね、イリス……僕のこと、こんなにぎゅうぎゅうに締め付けて離してくれないよ?」

耳元で「わかる?」と囁《ささや》きつつ、フェルナンドは腰を揺らす。

奥を突かれて、イリスは悲鳴にも似た嬌声《きょうせい》を上げた。

「ひっ、あっ! ダメ、動いたら……ッ」

緩《ゆる》やかな動きですら強い快感が駆け巡ったのに、達する瞬間がずっと続いているかのような暴力的な刺激を与えられ、訳がわからなくなりそうだ。

「イリスは蛇さんの僕を受け入れてくれる。今のままで何が悪いの？　国王にならなくても、僕は僕だ。そうでしょ？」

「あっ、あ、あぁ――」

フェルナンドから与えられる悦楽に翻弄《ほんろう》されて、答えるどころではない。

それに、彼はきっと答えなど求めていないだろう。

ふとイリスは、フェルナンドは彼女が大切にしている蛇さんになれなくなるのが嫌なのではないかと思った。

イリスが蛇さんの正体を知ったのはつい最近のことだ。だからまだ彼の人間の姿には慣れなくて、接し方に迷うところがある。

それを敏感に感じ取っているフェルナンドが、蛇さんに固執《こしつ》するのは当然かもしれない。

ずっと蛇さんと仲良くしたいとイリスが懇願したこともあるので、優しい彼は、余計に蛇の姿に拘《こだわ》っている可能性もある。

しかし、それは違うのだ。

イリスはフェルナンドに好感を持っているし、ずっと添い遂げたいとも思っている。だからこそ結婚も承諾した。

「っ、ああっ！　フェル、ナンド、様っ、お話を、聞いて……！　んあっ、あああ」

イリスはフェルナンドが好きだ。

一生懸命仕事に励むところはもちろん、イリスに愛を囁《ささや》いてくれるところも好きだし、たくさん触れられると恥ずかしいけれど嬉しい。

イリスを守ってくれる姿は、頼りがいがあってかっこいいと思う。

蛇さんはイリスの王子様だ。

父や兄とは違う、特別な人。

「うん。だから、『お話』してるでしょ？　愛を語り合う方法はもう教えてあげたよね？　いっぱい愛してあげる」

「んっ、そうじゃ、な……っは、あ――」

フェルナンドが腰を揺らすたびに本棚が揺れ、並んでいる本がカタカタと音を立てる。

背が本棚に当たり痛いはずなのに、イリスの身体は痛みなどそっちのけで与えられる快楽だけを拾ってしまう。

むしろ、立ったまま突き上げられるという初めての経験に、崩れ落ちないようにするのに必死だ。

「そんなに強く掴《つか》んで……はぁ、本当に可愛いんだから。ああ、また締まった。可愛いって言われるの、好き？」

フェルナンドは呼吸を荒らげつつも、イリスの反応を楽しそうに観察し、余裕たっぷりに甘い言葉を囁《ささや》く。

「胸も触ってあげようか」

「あっ、や、脱がさないで……！」

イリスの懇願も虚《むな》しく、フェルナンドは器用にドレスの留め紐をほどき、コルセットを緩《ゆる》める。

それを引っ張って下へずらし、まろびでた豊かな胸を大きな手で包み込んだ。

弾力を確かめるかのごとくゆったりと揉み、硬くなった頂《いただき》を親指の腹で擦《こす》る。

イリスは強弱をつけた巧《たく》みな愛撫に攻め立てられた。

「ここ、すごく硬くなっているよ。僕が触っているから……だよね？」

「んんっ、は、あぁ……」

ぐりぐりと蕾《つぼみ》を摘まれ、痺《しび》れのような快感が下腹部へ伝わる。

知らず、膣壁がフェルナンドの熱塊《ねっかい》に絡みついた。まるで彼の形を覚えようとしているみたいにいやらしくうねり、離さない。

「ふふ。イリスの中、切なそうに蠢《うごめ》いているね。もっと激しくしようか」

「あっ」

フェルナンドが色っぽいため息を漏らし、彼女の中から抜け出した。それを追うように、イリスの花園からは、とろりと愛液が零《こぼ》れ落ちる。

内腿《うちもも》に伝う蜜の感触に震えるイリスの身体を、フェルナンドが反転させた。彼女は本棚に手をついて身体を支える。

間髪《かんはつ》を容《い》れずに再び埋め込まれた昂《たかぶ》りは、先ほどよりも硬くて熱い。

フェルナンドがイリスの腰を力強く掴《つか》み、激しく腰を前後させた。

「あっ、あ、あぁ……」

何度も奥を突かれ、イリスは涙を零《こぼ》して喘《あえ》ぐことしかできない。

「ああ……あ、フェル、ナンド様っ」

「うん……」

イリスが彼の名を口にすると、フェルナンドは身体を密着させ、うなじに唇をくっつけた。片手をお腹に回して彼女の身体を支えたまま、胸をやや乱暴に揉みしだく。

後ろから激しく突かれる獣のような交わりは熱を生み、イリスの身体をどろどろに溶かした。

耳元で聞こえるフェルナンドの呼吸も、ついに乱れていく。

「イリス。好きだよ。僕は君だけがいればいい……国なんて、いらない。僕を知らないたくさんの人間より、君がいい」

「あ、ああっ、フェルナンド様」

「イリス。愛している」

その切ない響きが、イリスの心を締めつけた。

愛している、大切だというフェルナンドの言葉は素直に嬉しい。

でも、イリスのために他のすべてを犠牲にするかのような彼の言葉が正しいとは、思えなかった。

「ダメ、です……あぁ、あ……はっ、ン……」

ジグリア王国を捨ててはダメ。王子であることを、国王になることを、拒否しては……

しかし、激しく揺さぶられ、イリスの思考はどんどん快楽に塗り潰されてしまう。

「イリス……ねぇ、僕、もうイきそう。一緒にキて？」

「あぁっ、や、ああん！」

両腕で苦しいほど抱きしめられる。

奥まで満たそうとするように腰を押しつけたかと思うと、すぐに先端まで抜く。

そんな動きを繰り返され、イリスは身体をしならせる。

目の前がチカチカするほど気持ちいい。

「あっ、あっ、ああ……」

「んっ、イリス！」

グンと一際力強く奥にねじ込まれた昂《たかぶ》りから放たれる熱を、イリスの中は蠢《うごめ》いて受け止める。

緩《ゆる》やかに数回腰を揺らされ臀部《でんぶ》を撫《な》でられて、彼女の腰が震えた。

「は……あ……フェルナンド様……」

急激に重くなった身体をもてあましながらイリスはゆったりと首を捻《ひね》り、背後のフェルナンドを見やる。

彼は目を細め、唇を寄せてきた。

「そんな色っぽく見つめられると、夕食なんかより、君を食べていたくなる」

「んっ、ダメ、です」

侍女が出ていってからだいぶ時間が経った。本を片付けるには長すぎる時間だ。フェルナンドを見つけられなかった侍女が、戻ってくる可能性は高い。

「でも、このまま食事には行けないでしょ？　君のここから僕のがたくさん溢れてきちゃうと思うよ」

国王になりたくない理由が自分にあるのなら、それは彼女にも責任のあることだ。イリスはもうただの伯爵令嬢ではない。王子の婚約者として、国の未来を考えなければならない立場だ。

王子が「国を捨てる」などという、只事《ただごと》ではない事態が婚約者のせいだなんて、国民も納得するわけがない。

しかし、「イリスのために」ということは、逆に言えば、彼女の気持ちがしっかり伝われば、フェルナンドが考えを変えてくれる可能性がある。

蛇さんではなく、人間のフェルナンドを慕っていることをわかってもらえばいいのだ。

もっとも、その話し合いができそうにないことが、イリスを悩ませているのだけれど。

彼女は再びため息をついて本を棚へ戻した。そろそろ部屋へ戻らないと、またフェルナンドに書庫で食べられてしまう。

城の廊下を歩きながらも、イリスの頭の中はフェルナンドのことでいっぱいだった。

蛇さんと王子。

自分を求める彼、国王の地位を継がなくてもいいと言う王子……

何度考えても、フェルナンドが国王となって今の政治体制を続けることが最善だと思う。

実はジグリア王国の議会が安定してきたのは、ここ数十年――パトリス国王の手腕によるものが大きい。

フェルナンドはそれをずっと近くで見てきたのだ。父であるパトリスが築いた平和な国を受け継ぐことができるのは、息子の彼しかいないだろう。

国王の跡継ぎで揉め、また内政が混乱することなど誰も望んでいない。

(龍になれなくなった……)

ふと、彼の言葉を思い出す。

ご先祖様や父親に見捨てられたとも言っていた彼のことを、あのときは我儘《わがまま》だと思ったけれど、違うのかもしれない。

龍になれなくなったことを、本当は気にしているのではないだろうか。

パトリスから今のままなら国王の座を譲らないと伝えられ、ショックを受けた表情も瞼《まぶた》の裏に焼きついている。

フェルナンドは、王子だから自分が優れているとは限らないのだと言ったが、彼は公務に励んでおり、その成果は立派だ。一緒に視察に行き、イリスはそれを直接見て知っている。

国王を継げないかもしれないとわかってからも公務は休まず続けているし、彼が完全に国王という地位を諦めたとは思えなかった。

「きゃっ!?」

「うわ!」

いろいろなことを考えてぼうっと歩いていたせいで、イリスは曲がり角から現れた男性に気づかず、そのままぶつかってしまった。

彼の身体に弾《はじ》かれて後ろに転びそうになったのを、その男性にしっかりと抱きとめられる。イリスは慌てて体勢を立て直し、頭を下げた。

「も、申し訳ありません」

「いえ、こちらこそ急いでいて……あ……イリス、さん？」

「え？」

名前を呼ばれて顔を上げると、男性は笑顔でこちらを見ていた。けれど、イリスは彼の顔に見覚えがない。

茶色い髪に茶色い瞳。身体つきはがっしりしているけれど、おっとりした表情で優しい印象を持つ。背は兄と同じくらいだろうか。

兄のセシリオと同じ制服を着ているので、騎士だと思われた。

面識はないが、セシリオの同僚ならば妹である自分を知っていてもおかしくはない。

「兄のお知り合いですか？」

「あ、すみません。俺は騎士団第一部隊所属のルッツ・マイヤーと申します。貴女のことは、セシリオさんから聞いていて。お姿は、先日のパーティで……」

挨拶をした男性は、「パーティで」と言った後にやや苦い表情になる。そんなルッツの表情の変化には気づかず、イリスは挨拶を返した。

「そうですか。いつも兄がお世話になっております」

「いえ、世話になっているのは、俺のほうで――」

ルッツはそこで間を置き、キュッと唇を噛んで息を吸う。

「あの……セシリオさんから話が――」

「イリス」

ルッツが何か言いかけたところにフェルナンドの声が響いた。ルッツの身体でイリスには見えないが、廊下の奥のほうから足音が聞こえる。

イリスはルッツの身体の横からひょっこり顔を出し、向こう側を覗き込んだ。

「フェルナンド様。おかえりなさい」

「ただいま、イリス。書庫に迎えに行こうと思っていたのに、こんなところで何をしているの？」

「部屋に戻る途中でルッツさんとぶつかってしまって、お話を。お兄様の同僚の方だそうです」

イリスがそう言うと、フェルナンドは「ふうん」と気のない返事をして彼女の手を掴《つか》む。そのまま抱き寄せられて、髪にキスを落とされた。

イリスは頬を染めて慌てる。

「フェルナンド様！　ルッツさんが見ていらっしゃいますから」

「別に問題ないよ。僕たちは婚約しているんだから。ね？」

フェルナンドの胸に顔を埋める体勢をとらされているせいで、彼とルッツの表情はわからない。だが、フェルナンドの声色がなんだか挑戦的で、イリスはハラハラした。

この場に満ちる空気は、どこか落ち着かない。

「パーティにいたならすべてわかっていると思うけど、イリスは僕と結婚するんだ」

「……そう、ですね。このたびは、ご婚約おめでとうございます」

「うん、ありがとう。それじゃあ、僕たちはもう行くよ。君も仕事に戻ったほうがいい」

フェルナンドはふふっと笑うと、イリスの手を引いて来た道を戻り始めた。イリスは慌てて振り返り、ルッツに会釈《えしゃく》をする。

そのときに見えた彼の表情が痛みを堪《こら》えるみたいな苦いものだったので、イリスは心配になった。

もしかして、自分とぶつかったときにどこか怪我をしたのではないだろうか。イリスに気を遣わせないよう我慢しているのかも……

そう思ったイリスは、フェルナンドを止める。

「あの、フェルナンド様！　ぶつかったときにルッツさんがお怪我をなさったかもしれません」

「怪我？　君が吹っ飛ばされて傷つくならともかく、騎士が君とぶつかったくらいで怪我はしないよ」

「でも、なんだか苦しそうにしておられて……」

「それは精神的なものじゃない？　君がぶつかったせいじゃないよ」

「せ、精神的？」

言葉の意味がわからず、イリスは困惑しつつ首を傾げる。

「そう。騎士団の仕事は大変だからね。まぁでも、彼も騎士の端《はし》くれなんだから、自分の体調管理くらいできるよ」

確かに、王国騎士団に入れるくらいの実力の持ち主ならば、イリスに心配されずとも大丈夫だろう。彼女が口を挟むなんて余計なお世話かもしれない。

イリスは再び、フェルナンドにつられて足を動かした。

「それより、今日も書庫にいたんだね？」

「あ、はい。なかなか参考になる文献が見つからなくて。王族の方に代々伝わる方法などはないのでしょうか？」

「どうかな？　そういう話を聞いたことはないけど」

「では、蛇さんになってしまったときはどんなきっかけで？　龍王様にお会いしたのですよね？」

もしかしたら、先祖返りの者だけが会える可能性もある。

「……あまりよく覚えていないんだ。しばらく前のことだから」

「フェルナンド様……」

のらりくらりとかわそうとする王子の態度に、イリスは肩を落とす。

「いいじゃない。僕もイリスも、蛇さんが好きなんだし」

話しているうちに、フェルナンドの自室に着く。

ソファに並んで座ると、フェルナンドがさっそくイリスを背中から抱きしめた。

うなじに頬を寄せ甘えるその仕草はいつも通りだが、イリスはもやもやした気持ちを拭《ぬぐ》えない。

「フェルナンド様は私が蛇さんを好きだから国王の地位を——ジグリア王国を捨てるというのですか？」

そう尋ねると、フェルナンドはうんざりしたようなため息をつく。

「イリスは僕が国王じゃないと、僕とは結婚したくないってこと？」

「そうではありません。ただ——」

「じゃあ、どうして？」

グッと肩を乱暴に掴《つか》まれ、身体を反転させられる。

向き合ったフェルナンドにいつもの飄々《ひょうひょう》とした感じは微塵《みじん》もない。

イリスはそんな彼が少し怖くなった。

「イリスは僕が何だったら満足？　蛇さんのこと好きだと思ってたけど、そんなにお別れしたい？」

「へ、蛇さんのことは好きです。ですが、フェルナンド様はどんなお姿でもフェルナンド様ではありませんか。これは、以前にもお伝えしました」

「じゃあ僕も前と同じことを言うけど、どんな姿でもいいなら、蛇さんのままでいいでしょ？」

どうしても蛇さんに固執《こしつ》するフェルナンドは、自分の意見を変えそうにない。

また堂々巡りに突入してしまった話に、イリスは途方に暮れた。

フェルナンドが龍に戻るためには、まず彼が王位継承に納得し、積極的に龍王に会おうとしなければならないと思うのだ。

イリスがどんなに頑張っても、最終的に魔法を解いてもらうには、フェルナンドが龍王と何かしらのやりとりをすべきだろうから。

「僕は龍に戻りたくない。先祖返りだかなんだか知らないけど、元々好きで龍になってたわけじゃないんだ」

フェルナンドはそう言うが、彼の行動からは王子としての責務をしっかりと果たそうという気持ちが窺《うかが》える。彼の仕事ぶりを見て、イリスも自分が彼の役に立てたらいいと思うほどだ。

「イリスがずっと龍王様のことばかりだと、妬《や》けちゃうな」

ふいに顔が近づいてきて、イリスは反射的に背を仰《の》け反《ぞ》らせた。

ここでキスをされたら、その後どうなるかは目に見えている。

しかし、フェルナンドは後ろへ倒れ込む彼女の身体をトンと押し、ソファに仰向《あおむ》けになったところに覆《おお》いかぶさった。

「やっ、フェル——んんっ」

唇はいとも簡単に奪われ、フェルナンドがすぐに深い交わりを求めてくる。

「イリス」

「んっ、は……ン、んん！」

彼は唇を離す度にイリスの名を呼び、貪《むさぼ》るような激しいキスを繰り返した。

だんだんと息が上がって、イリスの抵抗は弱くなっていく。

また流される——いけないとわかっていても、そんな思考は強引なフェルナンドの舌に搦《から》めとられ、霧散《むさん》してしまう。

「僕は、イリスがいてくれたら、それだけでいい。君は何もしなくても、そばにいてくれるだけで……」

瞬間、フェルナンドの言葉がイリスの胸に突き刺さった。

何もしなくても——その言葉は思っていたよりもショックだ。

自分が頼りないことはわかっていたものの、実際にそう言われるとやるせない。

視察でも、パトリスの条件を満たすための努力でも、イリスは何一つ成果を出せていない。

彼女はフェルナンドを支えるには、力不足だ。

彼の役に立つための努力は、空回りしてばかり。

自分にあるのはフェルナンドの執拗《しつよう》なほどの愛だけ。

頑《かたく》なな王子に自分の気持ちを伝えることもできず、イリスはすっかり悩みの迷宮に足を踏み入れてしまった。

第三章　蛇さん、過去に翻弄《ほんろう》される

フェルナンドの気持ちをどうにもできないまま過ぎていく日々は、イリスをますます困らせていた。

パトリスは特に期限を設けなかったので慌てる必要はないだろうが、まったく進展しない状況に悩みは深まる。

フェルナンドは国王にならなくてもいいと言いつつも、王子としての仕事をサボることはない。けれど、イリスが将来や龍王様の話を出すと、途端に「蛇さんのままでいい」の一点張り。蛇の姿を謳歌《おうか》している。

矛盾する彼の行動に、イリスは頭を抱えるばかりだ。

（お兄様に相談してみようかしら？）

日課となっている書庫からの帰り道、ふとそんなことを思いつく。

セシリオは彼の護衛騎士だからフェルナンドの事情を知っている。何かあれば相談するようにとも言ってくれていた。

少々口うるさいところはあるものの、頼れる存在であることは間違いない。

（何かいい解決策を授けてくれるかも）

そう思ったイリスは、自然と騎士団の宿舎へ足を向けた。

特例を除き、騎士たちは城の宿舎に寝泊まりしている。

ラングレーの領地は城から近いため、兄は休みのたびに屋敷へ帰っているが、今はフェルナンドの護衛の任務期間だから、宿舎にいるだろう。

そこまで考えて、イリスは立ち止まる。

フェルナンドは今、公務中。つまり、セシリオも彼について出掛けていると気がついたからだ。

なんだかんだと言いつつも、精力的に公務に励んでいる王子の供として、セシリオも忙しくしている。

だというのに、なんとなくの思いつきで城をふらふらしてしまった自分を反省したイリスは、踵《きびす》を返そうとした。

そこで、突然呼びかけられる。

「あら、貴女。こんなところで何をしているの？」

声のほうを振り向くと、背の高い綺麗な女性が立っていた。

長い黒髪を一つにまとめ、騎士の制服を着ている。男性とは違いズボンが短く、膝上の靴下を履《は》き、長剣の代わりに短剣を何本か装備した格好だ。

キリッとした彼女の表情は、イリスに冷たい印象を与えた。

加えて女性は、イリスの顔を見て眉根を寄せる。

美人に睨まれると、とても怖い。

イリスは身体を縮こまらせて、頭を下げた。

「ご、ごめんなさい。兄に会えたらと思ったのですが……」

「兄？　ああ、セシリオなら仕事中よ」

「ええ。そう思って引き返そうとしていたところです。……ですが、あの、兄をご存じなのですか？」

イリスは思わず尋ねていた。

兄と自分の顔立ちは似ているが、教えずとも二人が兄妹だと気づいた女性に驚く。

それと同時に、兄の知人だというだけでなんとなく安心した。しかし、ホッと胸を撫《な》で下ろすイリスとは対照的に、彼女は胡乱《うろん》な目をイリスに向ける。

「知っているわ。類稀《たぐいまれ》なる実力がありながら、重度のシスコンだって有名だもの」

「しすこん？　……ですか？」

そのような言葉は聞いたことがない。

「あの、それはどういう意味なのでしょう？　騎士様の階級か何かでしょうか？」

「はぁ？」

「専門的な用語なのですか？　無知で申し訳ありません」

イリスがそう問うと、女性はフンと鼻を鳴らし、質問を無視した。

「本当に、貴女みたいな何もできない暢気《のんき》なお嬢様を押しつけられて、フェルナンド様も気の毒というものだわ」

「ええと……あの……？」

彼女の言うことは理解できないままだが、不穏な空気が漂《ただよ》っているのはイリスにも理解できた。

しかし、なんと返答してよいかわからず、困惑する。

女性騎士は、イリスをバカにするような口調で続けた。

「王子の婚約者が、こんなところをふらふらして、自覚が足りないんじゃなくて？」

「……っ、それは……」

痛いところを突かれて、イリスはますます言葉に詰まる。

「フェルナンド様も迷惑だと思うわ。貴女みたいにぼやっとしたお嬢様と婚約しなくちゃいけないなんて、本当に気の毒よね。でも、私が来たからもう大丈夫よ」

「だ、大丈夫、とは……？」

攻撃的な口調で捲《まく》し立てられたイリスは、困惑しきりだ。

何とか彼女の話についていこうとしても、女性にはイリスの問いかけに答えるつもりがないようだった。

「貴女、勘違いなさらないほうがいいわ。フェルナンド様は、本心では私と仲よくしたいと思っていらっしゃるの。役に立ちもしない貴女と一緒にいるのは、仕方なくなのよ。私たちは、貴女が横《よこ》槍《やり》を入れてくる前からの仲なの。彼、とても情熱的よね」

クスッと笑い、ぺろりと赤く濡れた唇を舐《な》める。

「ふふ。キョトンとして。本当に何も知らないのね。かわいそうに」

最後に彼女は、イリスを憐《あわ》れむような表情を作った。

しかし、いくら世間知らずなイリスでも、彼女が自分に敵意を持っていることはわかる。見下されているような雰囲気も感じた。

そして何より、フェルナンドのことを自分のほうが知っていると言わんばかりの態度に、得体の知れない黒いもやもやしたものを覚えた。

役に立たないと、気にしていた事実をはっきりと言われたことで、心がささくれ立つ。

イリスはきつく唇を噛みしめた。

理由はわからないが、なんだか嫌だ。しかし、この状況をどうしたらいいのかもわからない。

湧き上がってくる焦燥感と自分の無力さに泣きそうになっていたそのとき——

「ビアンカさん。イリスさんも、こんなところで何をしているのですか?」

ルッツの声が割って入ってきた。

イリスは彼の姿を認め、息を吐き出す。場の雰囲気が少し和《やわ》らいだ気がした。

「何も知らない箱入りの伯爵令嬢には、フェルナンド様のお相手は荷が重いのではないかと思って、助言をしていたのよ」

ビアンカと呼ばれた女性は、苛立たしげな表情をルッツに向けた。

「助言も何も、イリスさんはフェルナンド様が見初《みそ》められた方ですよ。お抱えの教師の方々も太鼓判を押されたと聞いています。心配はないでしょう」

ルッツが困り顔でビアンカに答える。すると、彼女は意外だという顔をした。

「あら？　貴方は私に賛同してくれると思っていたのに、残念ね」

「ビアンカさん……」

「フェルナンド様がこんな小娘で満足なさるわけがないじゃない。弄《もてあそ》ばれる彼女だって、かわいそうでしょう？　けれど、私ならフェルナンド様を理解して差し上げられるわ。私を城に呼んだということが、彼が私を必要としているという証拠じゃないの」

ビアンカが目を細めてルッツを見る。そして、人差し指で彼の顎《あご》をクッと持ち上げて、クスクス笑った。

男性をからかうみたいなその姿は、イリスには少し下品に見える。

「ルッツ、貴方、いい人気取りはよしなさいな。小娘の一人や二人、奪えなくてどうするの？　それともお古は嫌なのかしら？」

「っ、ビアンカさん！　いい加減にしてください！」

ルッツはやや大きな声を出し、顎《あご》に添えられたビアンカの手を振り払った。

けれど、彼女はルッツの態度を気にせず、高らかに笑いながら宿舎のほうへ歩いていく。

彼女の笑い声が聞こえなくなると、廊下に沈黙が落ちた。

「――ルッツさん？」

「ああ……すみません。お見苦しいところを……」

ルッツは、何か言いたそうにイリスを見たものの、そこで押し黙ってしまう。

とても真剣な表情の彼に、イリスは思わず背筋を伸ばした。

やがて、ルッツが意を決したように口を開く。

「イリスさん、ビアンカさんには気をつけてください。変なことはしないと考えたいですが、あの様子ではわかりません。フェルナンド様に相談なさったほうがいいかと思います」

「フェルナンド様に？　どういうことでしょう？　ビアンカさんというあの女性は、一体どんな方なのですか？」

ビアンカは確かに感じの悪い女性だったが、ルッツが何を心配しているのか、イリスにはわからなかった。

一方的にイリスを知っていたことは、彼女がセシリオの同僚であるならそれほど不思議ではない。ましてや、フェルナンドと親しいのであれば、婚約者の顔ぐらいわかるだろう。

最後まで名乗りもしなかった彼女の態度は、あまり気分のいいものではないけれど……

「ビアンカさんは、先日行われた団の再編成で城に配属になった騎士です。数少ない女性騎士ですし、城に迎えたということは、おそらくイリスさんの護衛をさせるつもりなのではないかと考えられます」

「私のですか？」

「ええ。これから、フェルナンド様とお二人で公務にお出掛けになることが増えるでしょうし、男性では立ち入れない場所もありますから。……ただ、彼女が選ばれたのはフェルナンド様のご意思ではないと思います」

ルッツの説明を聞いても、イリスは「そうですか」としか答えられなかった。結局、彼が何に警戒しているのかは、はっきりしない。

彼女の態度と彼女が自分の護衛騎士になることが、イリスの中では結びつかないのだ。

「あの、ビアンカさんは私の護衛をするのが嫌なのでしょうか？」

「嫌、というか……むしろ、逆にチャンスだと思っているような気がしますが」

「チャンス……？」

ますます意味がわからない。

「はい。その……ビアンカさんは、フェルナンド様の貴女へのお気持ちを誤解しているみたいなので」

そう言われて、思い出してみる。

ビアンカはフェルナンドと親しい様子だったし、イリスを「無知な伯爵令嬢」と哀れんでいるみたいな言い草をした。

遊ばれてかわいそう、と……

ビアンカは、イリスとフェルナンドが婚約したことを問題視しているのだろうか？

「……あの……それは、フェルナンド様が満足できない、私を弄《もてあそ》んでいると彼女が仰《おつしや》ったことと関係がありますか？　私、お兄様にも同じようなことを言われたことがあるんです。でも、フェルナンド様はとても優しい方です。皆さん、どうしてそんなひどいことを彼がすると考えるのですか？」

ビアンカに言われた通り、イリスは何も知らない。ただ、周囲で交わされる会話には、いつも自分にはわからない意味が隠されていることはわかる。

一人だけ蚊帳《かや》の外に置かれている疎外感を嘆くのは簡単だが、それでは前に進めない。

フェルナンドが「そのままでいい」と言ってくれるからといって、彼のためにも何もできないままの自分ではダメだ。

「それは……」

「教えてください！」

ルッツは言いにくそうに目を泳がせたが、イリスはずいっと迫った。

「イ、イリスさん！」

彼は片手でイリスの肩を押しつつ距離を取り、もう片手で口元を覆《おお》う。

「……む、昔の話ですよ。フェルナンド様が、その……複数の女性と、な、仲良くしていらしたから……ビアンカさんは、またそうなれると思っている、の……かも」

「まぁ、フェルナンド様と？」

「……はい」

どんどん声が小さくなっていくルッツは、何やら苦い顔をして後頭部を掻《か》く。

「そうだったのですね。疎遠になっていたから寂しかったのでしょうか？」

イリスは少し考え込む。

フェルナンドがビアンカと仲良くなるのは、ちょっと嫌だと感じるが、それはイリスの我儘《わがまま》だ。

「いや、そういうのとは、ちょっと違うと言いますか……仲が良いというのは、その……」

そこまで言って、ぐぅっと変な音を出して片手で顔を覆《おお》ったルッツは、ぶつぶつと何やら呟《つぶや》いた。

どうも既視感のある姿だ。兄のセシリオが「狼に気をつけろ」と言ったときと似ている。

遂《つい》にルッツは「セシリオさん」と泣きそうな声を出した。彼がセシリオから何らかの影響を受けているのは間違いなさそうだ。

「ルッツさん？」

「すみません、俺の口からはこれ以上言えません。それに、そろそろ行かないと……イリスさんも部屋に戻られたほうがよろしいのでは？」

「あっ！　そうでした」

そろそろフェルナンドが帰ってくる時間だ。寄り道をしてしまったから、もう帰っているかもしれない。

何だかすっきりしない気分だが、今は部屋に戻らなければならないだろう。

イリスが「それでは失礼します」と頭を下げると、ルッツはホッとした表情になり、手を振ってくれた。


自室に戻ったイリスは、フェルナンドと合流して、夕食をとるためにダイニングホールへ行った。

二人に合わせて配膳される夕食は、どれも出来立てで美味しい。

食事の途中、ビアンカのことをフェルナンドに相談しろとルッツに言われていたことを思い出したイリスは、魚料理が出てくるのを待つ間に彼に報告することにした。

「今日はビアンカさんという方にお会いしました。フェルナンド様のお友達だそうですね」

「ビアンカ……？　誰？」

けれど、フェルナンドは眉根を寄せて、怪訝《けげん》そうな表情になる。

「背の高い、黒髪のとても綺麗な女性騎士様ですよ。フェルナンド様とはかなり仲が良かったとお聞きしたのですが……？」

ビアンカを覚えていないかのようなフェルナンドの反応に、イリスは首を傾げた。

かなり親しい間柄らしい言い方だったので、忘れたということはないはずだ。

「仲がいい、僕とその人が？　心当たりがまったくないけど、何か勘違いじゃないかな？　一体、誰がそんなことを言ったの？」

「ご本人が、そのように……」

フェルナンドの興味なさげな反応に、イリスはますます首を捻《ひね》る。

いくら何でも他の人と自国の王子を間違う人間は、ゼロに近いだろう。それに、ルッツの証言もある。

「ルッツさんも、彼女はフェルナンド様と仲が良かったと仰《おつしや》っていました」

「ルッツ？」

イリスがルッツの名を口にした途端、フェルナンドの眉間の皺《しわ》がさらに深くなった。

「君、ルッツに会ったの？　書庫に行っていたんじゃなかった？」

刺々《とげとげ》しい口調で言われて、イリスは膝の上で拳《こぶし》を握った。

「え、ええ……書庫からの帰りに偶然お会いして……」

そこで魚の皿が運ばれてきたため、イリスは一度言葉を切る。

綺麗に焼き色のついた白身魚には、シェフの特製ソースがかけられ茹でた野菜が添えられていた。とてもいい香りが漂《ただよ》っているのに、イリスの食欲は刺激されない。

フェルナンドの視線が怖くて、胃が縮んでしまったみたいだ。

しかし、同時に何か得体のしれない感情が湧き上がっていた。もやもやした、怒りとも悲しみともつかない変な気持ちだ。

「ビアンカさんともそこでお会いしたのですが、彼女は、フェルナンド様のことをよくご存じの様子でした……」

「僕はそんな人と仲良くした覚えはないよ。勘違いもいいところだ。君こそ、ルッツと親しいみたいじゃないか」

半ばナイフを魚に突き立てるようにして、フェルナンドが言う。

「僕はイリスに会えない間、ずっと君のことを考えているのに、君は僕より龍王様優先だよね。マフラーは全然編みあがらないし、僕が留守なのをいいことに、さらに他の男に会うなんて、ひどいな……」

「私は、龍王様にフェルナンド様のことを認めていただきたいだけです。ルッツさんとは、偶然お会いしたのです」

「偶然だとしても、ルッツは王子の婚約者に対してちょっと気安くしすぎだね」

「でも、ルッツさんはお兄様の同僚で、私の知り合いです。それに今日は、私のほうがフェルナンド様のことをお聞きして……」

「僕のことをどうしてルッツに聞くの？」

じとりと不機嫌な視線が突き刺さる。

イリスがその鋭さに固まってしまうと、フェルナンドはふいっと目を逸《そ》らし、大きく息を吐き出した。

「ルッツの話はもうしないで、龍王のことも。国王を継ぐことに関して、イリスは気にしなくていいから」

「っ、フェルナンド様！」

何もかもを拒否し、イリスの助力を否定するような態度のフェルナンドに、イリスは泣きそうになった。

「……僕は先に部屋に戻るよ。食欲が失せた」

「フェルナンド様！」

どこか悲しそうな顔をして、彼は早々に席を立つ。

イリスは呼び止めようとしたものの、彼を追いかけることができなかった。どう説得したらいいかわからなかったのだ。

それだけではない。

自分の力を、気持ちを疑う彼の言葉が、胸に突き刺さって痛かった。

しばらく呆然とした後、イリスはすっかり冷めてしまった料理に手をつける。

――今日のシェフの特製ソースは、しょっぱい気がした。

＊＊＊

一方、ダイニングルームを出たフェルナンドは、イラついた気持ちを持てあましていた。

足早に廊下を進みつつ、イリスが追ってくる気配がないことにさらに苛立って、曲がり角で壁を思いきり叩く。

（なんで……）

こんなふうに怒りたかったわけではない。

何より愛《いと》しい存在に八つ当たりをした自分が悔やまれる。

だが、フェルナンドは不安だった。

イリスの理想に近づきたくて公務に取り組んでいる。今日だって必死に仕事をこなしたのに、彼女はルッツに会っていた。

イリスに誰も近づかないよう、彼女の目が他にいかないよう、四六時中見張っていたいのを我慢していたのに、だ。

目が回りそうなほど大量に送られてくる各領地からの報告書を熟読し、心配な点をピックアップしていく。領主から要請があれば、実際に現地へ赴《おもむ》いた。

そうして自分の目で確認した領地の様子を、今度はフェルナンドが報告書としてまとめ、国王に提出する。必要があれば、今後の統治に関して騎士団や領主への指示もしなければならない。

国政の整備だけではなく、外交においても王子の仕事はたくさんある。

特に各国の王族との交流は意外と骨が折れるのだ。優雅なパーティで笑顔を貼り付けながら、腹の探り合いをするのは、フェルナンドは好きではなかった。

もちろん交渉など具体的なことは大臣や役人に任せるが、大枠の状況は把握していなければならない。

一見良好だと報告されている関係でも、きちんと調べると揉め事の種があることも多いのだ。

もとはといえば、イリスに好かれ、守りたいがために始めた仕事。

正直、どうしてこんなに多くのことを自分がやらなくてはならないのか、よくわかっていない。

王子だからと言われても、それは自分が望んだことではないのだから。

出生のせいで押しつけられる数々の面倒ごとを、かつてのフェルナンドは理不尽だとしか思えなかった。

それでも頑張ろうと思えたのは、イリスが尊敬していると語る王子像がきらきらと眩《まぶ》しかったからだ。

だが、イリスの中には、いずれ国王になるにふさわしい王子像が作り上げられてしまっているらしい。

彼女はフェルナンドが国王になることを望んだ。そして、父のパトリスは国王にふさわしい龍に戻るよう命令してきた。

それが、フェルナンドを苦しめる。

龍に戻って国王になれば、彼女がずっと大切にしてくれていた蛇さんを捨てることになる。

そうなったとき、イリスは変わらず自分を慕ってくれるだろうか。

フェルナンドには自信がなかった。

自分の過去の行いが、褒められたものではないと自覚している。

だからこそ、何かに縋《すが》りたい。イリスが魅力的だと思ってくれているもの——それが、〝蛇さん〟なのだ。

〝蛇さん〟は、イリスとフェルナンドを繋ぐ唯一の存在。

それを失くすのは怖い。

ダンッともう一度壁を叩くと、拳《こぶし》が痺《しび》れた。

自業自得だといえばそれまで。

イリスの気持ちを無視して身体だけ繋がってしまったことに今さら後悔が募《つの》る。身体さえ繋げれば、彼女の心が簡単に手に入ると思っていたのに。

過去の楽観的な自分を罵《ののし》りたい。

イリスは、フェルナンドが初めて恋し、手に入れたいと思った人だ。

だからこそ、遊びばかりで真剣な恋愛経験のないフェルナンドには、どうしていいのかわからない。

ただただ「嫌だ」という気持ちが前に出てしまう。

初めて感じる独占欲は、どす黒く彼の中に渦巻《うずま》いて、コントロールできそうになかった。

(好きになってくれるのは、後でもいいと思っていたのに)

世間知らずな彼女の隙をついて純潔を奪い、彼女の父親を頷かせるため、彼女の鈍感さを利用した。

イリス自身の感情は後回しにして、ゆっくり自分色に染めればいいと、暢気《のんき》に考えていた自分が忌々《いまいま》しかった。

そして、イリスとフェルナンド、一対一の関係だけだったのならば、うまくいったかもしれないのに――

(ルッツ・マイヤー、あの男は嫌いだ)

彼のことを、フェルナンドはもちろん知っていた。

ルッツは二年ほど前に騎士団に入った好青年だ。すぐにセシリオが気に入って、妹の婿候補《むここうほ》として扱っていると、イリスを調査したとき報告されている。

彼のことは、イリスとの婚約をまとめた時点で問題にならなくなると考えていた。

ところがどうだ。

ルッツはまだ諦めていないのか、以前より頻繁にイリスの前に姿を現すようになった。そして、明らかにイリスに好意を寄せている。だというのに、当のイリスが「兄の同僚」というだけで警戒心をまるで抱いていないのだ。

自分が利用したときは好都合だとほくそ笑んだ彼女の鈍感さが、今はひどく恨めしい。

（婚約者は僕なのに、イリスは他の男にもいい顔をして……）

そうじゃないと頭の隅では理解している。

庭にやってくる動物たちとさえ友達になろうとする優しく寂しがり屋の彼女が、兄の知り合いに心を開くのは当然だ。

他の者とは仲良くしてほしくない、というのはフェルナンドの我儘《わがまま》だった。

けれど、彼女の興味が自分以外に向くことはどうしても耐えられない。それを目の当《ま》たり《あ》にすると掻《か》き毟《むし》りたくなるほど胸が痛くなる。

後からでもいいなんて嘘だ。本当は、今すぐ自分に溺《おぼ》れてほしい。

こんなふうにフェルナンドはイリスのことばかり考えて苦しいのに、イリスは違う。

誰とでも仲良くなりたいと言うし、フェルナンドにも国民のことを思ってほしいと願っている。

いっそのこと、本当にこの城に——フェルナンドの部屋に隠してしまえたら。

フェルナンドにしか会わなくなれば、彼女は自分だけを見てくれるだろうか……

「フェルナンド様？　どうなされましたか？　お加減が悪そうですよ」

奥歯を噛み締めて苦悶《くもん》の表情を浮かべるフェルナンドに、突然、話しかける者がいた。

フェルナンドは気だるく頭を上げ、声がしたほうへ視線を向ける。

その先には騎士の制服を着た女が立っていた。

「誰……？」

先ほどイリスから「フェルナンドと仲が良い」と触れ回る女騎士がいるという話を聞いていたた

め、不快な気持ちになる。

「嫌だ、フェルナンド様ったら……」

クスッと余裕の笑みを零《こぼ》し、彼女はゆっくりと近づいてきた。

「誰もいないのですから、知らないふりなんてしなくていいんですよ？　ビアンカ、と……いつも通りに呼んでください」

「ビアンカ……？」

舌打ち交じりに鸚鵡返《おうむがえ》しをしたのは、嫌な予感が当たったせいだ。

彼女がイリスの話していた女性だろう。よく考えずとも、フェルナンドが過去に関係を持ったことがある女の一人だ。

名前と顔が一致するほどの深い関係になった女はいなかったから、彼女を見ても何も思い出せないし、特別な感情は抱かなかった。

しかし、イリスに絡み、余計なことを教えたのは不快だ。

「君か、イリスに変なことを吹き込んだのは」

「ふふ。そんなに怖い顔をなさらないでください」

あからさまに眉をひそめて言うと、ビアンカはまた目を細めて笑う。

「魔が差してしまったのでしょう？　普段なら、あんな小娘に手を出すことだって、それを見つかってしまうようなヘマだってなさらないのに……」

顔に手を添え、わざとらしく困った表情を作り、喋《しゃべ》り続ける。

「あの子、初めてだったのでしょう？　責任を取らされるなんて、いくらラングレー伯爵の令嬢だからって、大げさですよね。今どき、そんな身持ちの固い女なんてそういないわ」

そして、にんまりと深い笑みを浮かべた彼女は、舌で唇を舐《な》めた。

「自分が何のために城へ呼ばれたのかは承知しています。私がうまくやりますから、ご安心を。その代わり、私のお願いを聞いてくださいね？　貴方との情熱的な夜が忘れられなくて、困っているのです。だから、うまくいったら――」

そっと慣れた仕草でフェルナンドに身体をすり寄せ、「もう一度、抱いてくださいね」と耳元で囁《ささや》く。

その態度から、彼女がフェルナンドとのかつての仲を誤解していることがわかった。彼にしてみれば、後腐れない関係のつもりだったのに、彼女にとってはそうでないのだ。

フェルナンドは自分の肩に置かれたビアンカの手を振り払い、睨みつける。

「気安く触らないでくれる？　それに、さっきから何の話をしているのかな？　僕にはさっぱりわからないよ」

「ふふ、失礼いたしました。誰に見られているか、わかりませんものね。城内では気をつけますわ。では、私はこれで」

無愛想で乱暴なフェルナンドの態度などこれっぽっちも気にしていない様子で、ビアンカは笑みを浮かべてお辞儀をする。

そのまま大層機嫌良さそうに去っていく背中を睨みつけ、フェルナンドは拳《こぶし》を握った。

――翌日。

執務室へやってきたフェルナンドが椅子に座ると、こめかみに青筋を浮かべたセシリオが執務机に拳《こぶし》を叩きつけた。

「フェルナンド様、今朝のイリスへの態度は何なのですか?」

未来の義兄の鬼の形相《ぎょうそう》をチラリと見て、フェルナンドは舌打ちをする。

セシリオの言う「態度」とは、朝部屋を出るときにフェルナンドが不機嫌だったことだ。

護衛のセシリオがフェルナンドを部屋まで迎えにくるのはいつものことなのでわかっていた。

毎晩、イリスはフェルナンドの寝室に泊まる。

だから自分の彼女に対する態度にこのシスコンがどういう反応をするかも予想できた。

それでもフェルナンドは、気持ちを切り替えられず、イリスに冷たく接してしまったのだ。

昨晩の夕食時に感じた怒りは結局治まらず、今もフェルナンドの胸に燻《くすぶ》っている。

イリスにきつく当たってしまったことは悪かったと思う。でも、自分がそうしてしまった原因は彼女にもある。

そう考えてしまうのだ。

昨夜、フェルナンドは自室にイリスが戻っても一切口を開かず、彼女に背を向けて眠った。

彼女が何か言いたそうにしているのをあえて無視したのは、夕食のときと同じように――いや、それよりもひどく彼女を傷つけてしまいそうだったからだ。

昂《たかぶ》る気持ちを抑えきれないのは、自分の未熟さゆえ。

それを反省する気持ちはあるけれど、イリスの口から再びルッツの名を聞かされたら、彼女を責めてしまう。

謝ることができないならば、いっそ何も言わないほうがいい。

イリスを抱きしめずに眠る夜は、彼女を城へ迎えてから初めてだった。

ささくれ立った感情をそのままにして眠れるはずもなく、フェルナンドはずっと背中に感じるイリスの気配を探っていた。

彼女は、なかなか寝付けない様子だったけれど、やがて規則正しい寝息を立て始める。そのことにまた腹を立てている自分が情けなかった。

そして無防備であどけない寝顔を覗くと、今度は愛《いと》しい気持ちがこみ上げる。

感情の浮き沈みに疲れ果て、そのせいで、朝もギクシャクしてしまった。二人の様子がおかしいことに誰もが気がついたに違いない。

イリスが「フェルナンド様」と話しかけてきたのを遮《さえぎ》って「行ってくる」と早々に背を向けてしまったのだから、当然だ。

いつもなら、彼女を抱きしめ、頬にキスをして、セシリオに引き剥がされるまで部屋を出たりしないのに。

「何とか言ったらいかがですか？　それに、ビアンカのことも私は聞いておりません。どうしてわざわざ彼女をイリスの護衛に――」

「護衛？」

セシリオの言葉に、フェルナンドの声に怒気がこもる。

ビアンカがイリスの護衛を務めるなんて初耳だ。

イリスの話は、ビアンカ本人とルッツがフェルナンドと彼女の仲を触れ回っている、ということだけだった。護衛については何も聞いていない。

「どういうこと？　僕は知らされていない」

「知らないでは済まされません！　ビアンカを護衛につけるのは危険です。この先、イリスをしっかり守っていく覚悟がないのなら、この婚約のお話はなかったことにさせていただきます！　イリスにはもっと相応《ふさわ》しい男性がいるはずだ」

ダンッと、机が壊れそうなほどの音を立てる。

セシリオはかなり腹を立てている様子だ。

普段であれば適当にあしらうのだが、「もっと相応《ふさわ》しい男性が」という彼の言葉で、昨夜から燻《くすぶ》っているフェルナンドの気持ちに火がついた。

「相応《ふさわ》しい？　相応《ふさわ》しいって何？　ルッツならイリスに相応《ふさわ》しいと言うの？　セシリオは、あいつにイリスを奪わせるつもりなのかな？　そんなこと、絶対に許さない。何があってもイリスは僕のものだ」

フェルナンドは負けじと執務机を叩き、その勢いで立ち上がる。

「誰にも渡さない。君にも、ルッツにも。イリスは、蛇の僕を受け入れてくれる、唯一の存在なんだ。永遠に離さない」

　息を切らし、肩を上下させながら、セシリオを睨みつける。するとセシリオは、やや冷静さを取り戻したようで、冷ややかな視線をよこしてきた。

「……そうですか。よくわかりました。貴方がイリスのことなんてこれっぽっちも考えていないことがね」

「――っ、考えているよ！」

「どこがですか？『イリスが好きだ』『イリスと一緒に暮らしたい』『イリスを奪われるのが嫌』。貴方はそればかりだ。全部、貴方のことではありませんか。妹がどう思っているのかや、その身の安全や気持ちなど、二の次でしょう？」

「違う！」

　反射的にそう言い返したものの、セシリオの言葉はフェルナンドの胸を抉《えぐ》った。

　強く握りすぎた手が痛い。

「何も違いません。貴方はイリスの話をきちんと聞いたことがありますか？　どうして妹が貴方に国王になってほしいと思っているのか。貴方はなぜ国王になりたいと言えないのか。そういう大切な話をしたことがあるのでしょうか？」

　国王から話を聞いているのだろう。痛いところばかりを衝《つ》いてくるセシリオに、フェルナンドは言葉を詰まらせる。

「っ、もういい！　仕事をする気分じゃない。今日は休む！」

言い返せないことが情けなく、フェルナンドは椅子を蹴り飛ばすようにして執務室の扉へ向かった。

「そういうところが自分勝手だと言っているのです」

背後から聞こえたセシリオの正論は、聞こえないフリをした。

感情的な自分に怒りが湧く。

——けれど、認めたくない。

国王になることに意味などないはずだ。イリスに嫌われなければそれでいい。イリスが大好きな蛇さんでいたい。

でも、彼女は自分が王になることを望んでいる。

だが、そうしたら龍に……

友達の蛇さんを失くしたら、イリスは自分を見捨ててしまうかも。いや、イリスはそんな薄情な娘ではない。でも、万が一そうなったら……？

頭の中にチラつくルッツの姿。

真面目な彼にはセシリオという後ろ盾もある。遊び人だったフェルナンドよりもイリスに相応《ふさわ》しいのではないか。

ぐるぐると巡る思考。そこに不安が混ざって迷宮へ入っていくのを感じ、フェルナンドはさらに苛立った。

自分は正体を明かさないほうがよかったのかもしれないと、そんなことまで思い始める。

イリスが蛇さんを愛してくれるのなら、それで満足していればよかった。そうしたら、こんなに苦しい思いをしなくて済んだはずだ。

だが、それだと、自分はイリスが他の男に嫁いでいくのを黙って見ていることになっただろう。そんなこと耐えられない。

(ああ、もう……!)

自分の中にある多くの矛盾に苦しめられる。

世界にフェルナンドとイリスだけなら、こんな惨《みじ》めな感情は生まれないのに――

＊＊＊

同じ頃、口数の少ないフェルナンドを送り出したイリスは、扉が閉まるのと同時にため息を吐き出した。

昨夜のフェルナンドは部屋に戻ってからもほとんど口をきかず、サッサとベッドへ潜《もぐ》り込み、イリスに背を向けて眠ってしまった。

彼に求められなかった夜は初めてだ。

怒らせてしまったことはわかっている。

蛇さんに固執《こしつ》するフェルナンドにとって、龍に戻ってほしいと願うイリスの気持ちは鬱陶《うっとう》しいものでしかないのだろう。

（それに、ルッツさんのことも怒っていらしたみたい……）

イリスがルッツの名前を出した途端、フェルナンドの表情は硬くなり、「僕が留守なのをいいことに、さらに他の男に会うなんて、ひどい」と言った。彼女がルッツと親しくすることを嫌っているようだ。

でも、廊下で会ったのは偶然だし、兄の同僚である彼とは全くの無関係というわけでもない。声をかけられたのに無視するのはおかしな話だ。

城には使用人を含め、たくさんの男性が働いている。それなのに「他の男と会う」ことを責められるのは理不尽ではないか。

それは、今まで父や兄の言うことにそのまま従ってきたイリスの、初めての反抗心だった。

（フェルナンド様だって、ビアンカさんと仲良くしていらしたらしいのに）

ビアンカからもルッツからも二人は親しい仲だと聞いた。フェルナンド自身は知らないと言っていたが、二人の勘違いというのは考えにくい。

（ビアンカさんは……）

彼女の自信たっぷりな様子と失礼な態度を思い出し、イリスは思わずムッと顔を顰《しか》めた。

この気持ちは、ビアンカと対峙していたときに感じたものと同じだ。

もやもやして、胸が苦しいような痛いような——叫びたい衝動がわいてくる、変な気分。

イリスは黒い煙みたいなそれを振り払うため、思いきり頭を左右に振った。

とにかく、フェルナンドのためにも「何もできない」という状況を打破しなければならない。

龍王のことは、彼が嫌がるのでしばらくそっとしておこうと決める。

けれどそうすると、今のイリスにできるのは、編み物くらいだ。

イリスはフェルナンドに編んでくれと頼まれていたマフラーを作ることにした。

「あの、私、編み物の続きをしたいのですが」

「はい。では、イリス様のお部屋に参りましょう」

イリスは世話係の侍女に声をかけ、フェルナンドの部屋を出た。


侍女に鍵を開けてもらい自室に入ってすぐ、編み物道具を入れている引き出しを開ける。けれどイリスは、編みかけのマフラーを取り出し絶句した。

「え……？」

針を刺しておいたマフラーは、持ち上げた瞬間に真っ二つになって、片方が床に落ちた。

「ど、どうして……？」

まだ半分ほどしか編めていなかったけれど、昨日の朝、少し作業を進めたときには繋がっていたはず。

自然に切れるわけがないしっかりとした太い毛糸は、刃物でざっくりと切断されている。

もちろん、イリスがやったのではない。

では、誰が？

イリスの部屋は彼女がいないときは、鍵をかけられている。だから、イリスの部屋にあるマフラーに触れる人間は限られていた。

部屋の鍵を使用できるのは、世話係の侍女だけだ。

イリスが視線を向けると、侍女は慌てた。

「わ、私ではありません！　先日の当番の後に返してから、今朝また取りにいくまで、決してこの鍵を使ってはおりません。鍵の持ち出し記録にもきちんと書き込んであります。城のすべての鍵の管理をしていらっしゃる警備の騎士様が覚えていらっしゃるはずです」

「は、はい。わかっています。でも、それでは誰が……？」

無実を主張する侍女に頷いて、イリスは考え込む。

「イリス様、昨日はこちらにいらっしゃいましたか？」

「ええ、朝に少し。そのときは、マフラーはなんとも……」

「そうなると、昨日から今朝にかけて、この部屋に入った者がいるということになりますね」

「ですが……」

侍女が言いたいことはわかる。昨日の世話係が怪しいということだ。

たとえ、彼女ではなかったとしても、厳重に管理されている鍵を持ち出す場合には、帳簿に名前と時間を記入することになっている。調べてみれば、誰が部屋に入ったかわかるだろう。

ただ、誰が犯人だとしても、そんなにすぐにバレるようなことをわざわざするだろうか？

「とにかく、この部屋の鍵の帳簿を確認してみましょう。あの……そちらのマフラーはどうなさいますか？」

侍女がイリスを促《うなが》した。

イリスは持っていたマフラーに視線を落とし、ぎゅっと握りしめる。

せっかく作っていたけれど、こうなってしまっては、修復は難しい。作り直すしかないだろう。

「新しく作り直そうと思います。毛糸を買い足していただきたいのですが……」

「はい。すぐに手配いたします。同じお色を頼みますので、そちらをお預かりしてもよろしいですか？」

「……ええ。お願いします」

イリスは二つの毛糸の塊《かたまり》と化してしまったマフラーを侍女に手渡す。

「早速手配して参ります。その後で、帳簿の確認に行こうと思いますが、イリス様はどうなさいますか？」

「私は……」

正直、犯人探しはあまり気が向かない。

どんな理由があるにせよ、こんなふうに悪意を向けられたことは初めてで、怖かった。

万が一、犯人と対峙してしまったら……なんて考えられない。

イリスはため息をついた。

フェルナンドとのすれ違い。ビアンカやルッツのこと。それに加えて、マフラーへ悪戯《いたずら》をした犯人。今まで家族に守られ直面したことのなかった「人との関わり」に、イリスの頭は一杯一杯だ。

答えを躊躇《ためら》っていると、侍女が口を開いた。

「あの、差し出がましいかもしれませんが、お顔の色が良くありませんし、お休みになられたほうがよろしいかと……マフラーの件は、私からフェルナンド様にもお伝えしておきましょう」

「……はい、よろしくお願いいたします。……あの、少しお庭に出てもいいですか？」

イリスは、混乱し沈んでいく心を落ち着かせるために、ひとまず庭園に出ようと思った。

城の庭園はラングレー家の庭とは違うが、久しぶりに花木や動物たちに会いたい。

庭園はイリスにとって安らぎの場所。友達には会えないが、心の拠《よ》り所《どころ》であることに変わりはないから。

「どうぞ、おいでになってください。外の空気を吸うのも良いかもしれませんね」

侍女は頷いて、イリスを部屋の外へ促《うなが》した。

廊下で彼女と別れ、イリスは城の中庭に向かう。

何度か散策したことはあるが、とにかく広い庭なので、まだすべてを見ることはできていない。

庭師の丁寧な手入れで、季節の花がとても綺麗に咲いている。

色とりどりの花に囲まれた噴水の近くに設けられたベンチに座ると、イリスは空を見上げた。

澄んだ青い空には、雲一つなく、今の気持ちとはまるで正反対の青色を、羨《うらや》ましく思う。

フェルナンドのそばにいたい、彼の役に立ちたいと頑張っているのに、一向にうまくいかない。

それぱかりか、新たな問題が発生するばかりだ。

一体どうすればいいのだろう。

「イリスさん？　こんなところでどうしましたか？」

しばらくぼんやりとベンチに座っていたところ、急に声をかけられた。

イリスは驚いて、顔を上げる。

何人かの若い騎士が花の苗を抱えて通り過ぎていく途中だった。その中にいたルッツが声をかけてくれたのだ。イリスの前で立ち止まり、心配そうに見ている。

「ルッツさん。……いえ、お庭に用があったわけではありませんの。少し外の空気を吸いに……」

イリスが眉を下げて笑うと、ルッツは同僚に自分の持っていた苗を渡し、彼女の横に座った。

「何かお悩みなら、相談にのりましょうか？」

「でも、お仕事が……」

「ああ、いいんですよ。手の空いている騎士はよく雑用を頼まれるんです。俺らみたいな新人は特に、ね。今日はあちらの花壇に新しい花を植えるそうで、苗を運ぶのを手伝っていたんですが、他にも大勢いますから」

「そうなのですか？」

イリスが不安そうにしているのを笑い、ルッツは大きく頷く。

「ええ。今はイリスさんの元気がないほうが、心配です。悩み事は誰かに話したら楽になることもありますよ。俺でよければ聞きますから」

イリスはしばらく思案したものの、ルッツの柔らかい微笑みに気が緩《ゆる》む。

フェルナンドの怒りについてはルッツにもかかわることなので相談しにくいけれど、今朝のマフラーのことは聞いてもらってもいいかもしれない。

何者かに部屋に侵入されたとなれば、警備が関係する話でもあるし、ルッツは騎士だ。

彼が具体的にどんな仕事をしているかまでは知らないが、どうしたらいいのかアドバイスくらいはもらえるのではないだろうか。

やや思案した後、イリスはおずおずと口を開いた。

「あの……実は……」

今朝、編みかけのマフラーが切られてしまっていたことを説明する。部屋には鍵がかけられていて限られた人物しかそれを持ち出せないことと、鍵の持ち出しには帳簿への記入が必要なことも。

イリスの話を聞きながら、ルッツは眉間の皺《しわ》をだんだん深くしていった。

「そんなことが……城の警備が不十分なのはまずいので、俺も調べてみます。フェルナンド様には、もうご報告されましたか？」

「いえ、まだ。フェルナンド様はお仕事中ですから……」

それ以前に、話し合いや相談ができるような雰囲気ではないのだが、それは黙っておく。

なぜかルッツには、フェルナンドとの仲について言いにくい。

「そうですか。……ところで、今お一人のように見えますが、その世話係の侍女は帳簿を確認したら、こちらへいらっしゃるのですか？」

イリスは首を横に振る。

彼女たちは専属の侍女ではないので、他にも仕事がたくさんある。イリスに付きっきりというわけにはいかない。

「では、俺が部屋まで送ります。あまり一人でいないほうがいいかもしれませんし」

「やっぱり、お城に犯人がいるのでしょうか？」

ルッツの提案がイリスを不安にさせた。

「あ、いや……その、念のためです」

ルッツが慌てて付け足すけれど、イリスの心は暗く沈んだままだ。

「不用意な発言でした。不安にさせてしまって、すみません。俺も警備については確認しますから、心配しないでください。さぁ、行きましょう」

ルッツはそう言うと立ち上がり、手を差し出した。イリスはその手をとって、椅子から腰を上げる。

丁度そのとき、ガサッとベンチの裏の茂みが音を立てた。イリスはそちらに顔を向ける。

「あ、猫さん」

真っ白な猫が優雅に近づいてくる。水色の瞳がとても綺麗な子だ。

猫はイリスの足元へまとわりついて、にゃあと一鳴きした。

「まぁ……！」

何度かこの中庭に来たことがあるが、この猫は見たことがない。初対面のイリスにすり寄ってくるなんて珍しいことだ。人馴れしているのだろうか。

「ああ、この子は庭師の猫ですね。たまに一緒に庭に来るんですよ」

ルッツはイリスの足元にしゃがみ込み、猫の顎《あご》をくすぐるように撫《な》でた。

猫はごろごろと喉を鳴らし、気持ちよさそうに目を瞑《つむ》っている。

「可愛いです！　猫さん、私も撫《な》でていいですか？」

イリスもその場にしゃがみ込み、そっと手を差し出す。猫はその指先をぺろりと舐《な》めて自《みずか》ら頭を彼女の手のひらに擦《こす》り付けた。

新たな友達ができたみたいで嬉しくて、イリスは柔らかな毛並みを堪能《たんのう》する。

「私、お屋敷では庭に遊びに来てくれるお友達がたくさんいたんです」

「そうなんですか。楽しそうですね」

笑顔の戻ったイリスの様子に安心したのか、ルッツも頬を緩《ゆる》ませ相槌《あいづち》を打つ。

「はい。お城の中庭はとても広くて、なかなか動物さんたちと出会えなかったので、今日新しいお友達ができて嬉しいです」

「お屋敷ではどんなお友達が？」

「一番仲が良かったのは――」

蛇さん――フェルナンドの姿が目に浮かぶ。

あんなに親しくしていたのに、どうしてうまく行かなくなってしまったのだろう。

「イリスさん？」

急に黙り込んでしまったイリスの顔を、ルッツが覗き込む。

――そのときだ。

「イリス！」

突然、誰かに名前を叫ばれた。

その大きな声に驚いたのか、猫はサッと身を翻《ひるがえ》す。

見ると、城からフェルナンドが大股で歩いてきていた。荒々しい歩き方からも、彼の怒りが感じられる。

「フェルナンド様、どうして……お仕事は……」

イリスは立ち上がって彼の顔を見つめた。

「仕事？　そうだね。僕は仕事中のはずだった。それをいいことに、君はまた他の男に現《うつつ》を抜かしている」

「ち、違います！」

「違う？　どこが？」

ルッツの手に重なったイリスのそれを乱暴に引きはがし、フェルナンドが彼女の細い手首を強く掴《つか》んだ。イリスは痛みに顔を歪《ゆが》める。

「フェルナンド様、誤解です。私はたまたま――」

「うるさい！　じゃあこれは何？」

地面に叩きつけるように投げつけられたのは、赤い毛糸の塊《かたまり》――編みかけだったフェルナンドのためのマフラーだ。

「ど、どうしてこれがここに？」

驚いてイリスが問うと、フェルナンドは自嘲気味《じちょうぎみ》に笑う。

「僕に見られたらまずいものだった？　そりゃそうだよね。これは、僕のマフラーになるはずなのに、こんなふうにぐちゃぐちゃになっている。イリス、君は僕にマフラーを作る気なんてやっぱりなかったんだ」

その言葉に、イリスは衝撃を受けた。

まさか、自分が疑われるなんてこれっぽっちも考えてなかったことだ。

「そんな、違います！　私がやったのではありません。誤解です」

「何が誤解なの？　君はルッツのほうがいいんでしょう？　あんなに顔を近づけて、楽しそうだったね。こうして僕がいない間にこそこそ会うなんて……僕に愛想が尽きた？　国王になれない僕には価値がない？」

激昂しているフェルナンドは、イリスの話に聞く耳を持たず、感情のままに叫ぶ。怒りと悲しみの入り混じった彼の表情に、イリスの胸が痛んだ。

イリスが故意にマフラーを切り刻んだと思っていることも悲しい。

泣きそうになりながらも、イリスは「お話を聞いてください」と必死に言い募《つの》る。

「フェルナンド様、落ち着いてください。俺がここにいるのは、本当に偶然で――」

「君は黙っていて」

ルッツが助け舟を出そうとしてくれるが、フェルナンドはそれを遮《さえぎ》った。

「イリス。どんなに君が望んでも、僕は君を離してあげない。僕を捨てるなんて、絶対に許さない」

彼は、握り締めていたイリスの腕を強く引く。

「きゃっ」

思いきり手を引っ張られて転びそうになりつつ、イリスはフェルナンドの後を小走りについていった。

「お待ちください、フェルナンド様！　イリス様！」

「イリスに近づかないで！」

慌てて二人を追いかけようとするルッツを鋭い視線で止めたフェルナンドは、足早に城に向かった。

ああ、どうしてこんなことになってしまったのだろう。

イリスは混乱した頭で必死に考える。

フェルナンドは誤解している。きちんと話せばわかることだ。

けれど、感情の昂《たかぶ》った彼には何を言っても無駄な気がした。

それに、彼の傷ついた表情――「国王になれない僕には価値がない？」と聞いたときの寂しげな顔を思い出すと、胸を抉《えぐ》られたような気分になる。

やはりイリスの国王になってほしいという願いが、フェルナンドを苦しめているのだ。

フェルナンドに初めて抱かれたとき、守ってあげたいと思った気持ちに嘘はない。

ただ、彼の役に立ちたかっただけだったのだが、イリスはどうしたらそうできるのか知らなかった。

それが、いけなかったのだとしたら……

フェルナンドはイリスを連れて自室に入り、扉に鍵をかける。

いつにないほど性急に、彼女をベッドへ押し倒した。

「あっ、フェルナンド、様……？」

傷つけてしまった彼をどうすれば癒《い》やせるのかわからず、イリスは瞳を泳がせる。

それが、一層フェルナンドを苛立たせてしまったようだ。

「イリス。君は僕のものだよね？　君を知っているのは僕だけだ。イリスは、僕が蛇さんなら……ずっと一緒にいてくれるのではないの」

フェルナンドが覆《おお》いかぶさり、手の甲でイリスの頬を撫《な》でる。

「やっと手に入れたのに……どうして君は、僕を見てくれないの？　君も……他の人間と同じだというの？」

「フェルナンド様……っ」

首筋に顔を埋められ肩口に歯を立てられて、イリスは身体を強張らせた。

「イリス……イリス。イリス……僕のものだって、もっと身体に刻んであげる」

「い、いや……フェルナンド様、待って……！」

「嫌？　僕のことが嫌いになった？　でも、ダメだよ。僕は君を愛してる」

いつもと様子の違うフェルナンドに、イリスは思わず恐怖した。

そのせいで出た拒絶の言葉は、フェルナンドをさらに傷つけてしまう。

話し方は落ち着いてきたのに、手つきはますます荒々しい。

イリスのドレスを破りそうな勢いではぎ取り、身を捩《よじ》る彼女の手を強く押さえつける。そして、白い肌に執拗《しつよう》なほど痕《あと》をつけていった。

「っ、フェルナンド様！」

フェルナンドの唇が辿る場所に、次々と赤い花びらが散る。そこから、チリチリとした痛みが広がり、肌を焼いた。

露《あら》わになった胸の膨らみは、痛いくらい乱暴に揉まれる。

「やっ、あっ、フェルナンド様！」

「嫌なの？　でもここは、硬く尖ってきたよ」

ペロリと先端を舐《な》められ、イリスの腰が跳ねる。

フェルナンドは蛇の舌の窪《くぼ》みに蕾《つぼみ》を嵌《は》め込むようにして、くにくにとそこを刺激した。荒々しい手つきとは対照的な緩《ゆる》やかな唇での愛撫だ。

熱い口内に含まれ、ちろちろと舐《な》めては吸われ、やがて、イリスは快感の渦《うず》に巻き込まれ始めた。

確かに恐怖していたはずなのに、フェルナンドに教え込まれた身体が彼を受け入れ出す。

「あっ、ああ……」

ちゅっと啄《ついば》むようなキスや強く吸い付くキスを交えつつ、フェルナンドはイリスの豊満な胸を堪《たん》能《のう》する。

片方の頂《いただき》を指先でくるくると撫《な》で、その刺激で尖り始めた先端を摘んだり執拗《しつよう》に指の腹で擦《こす》ったりする。もう片方には歯を立てて、そのすぐ後に舌で舐《な》めた。

そんなふうに交互に弄《もてあそ》ばれ、イリスは痛みよりも気持ちよさを感じてしまう。

「は……っ、ン……あっ」

口内に含まれた頂《いただき》にねっとりと舌が這《は》う。

それほど強くない悦楽は嬲《なぶ》られるうちに下腹部へ溜まり、膨らんでいく。

じわじわと大きくなっていくもどかしさに、イリスの腰が自然と揺れ始める。それに気づいたフェルナンドが顔を上げて目を細めた。

「僕のこと、嫌いなのに感じる？」

「ち、違――」

いつもと違うフェルナンドに、イリスの目尻に涙が滲《にじ》む。

「違うの？　でも、ここは濡れちゃってるよ」

「んんっ……やぁ」

急に秘所に指を入れられて、イリスは一瞬息を止めた。

蜜を零《こぼ》し始めていたそこは王子の指をすんなり受け入れたものの、頭はいきなりの行為に驚く。

いつもはゆっくり解《ほぐ》してくれるのに、あまりに性急な彼にイリスは戸惑った。

そんな彼女の困惑とは対照的に、彼の指が埋まる場所が卑猥《ひわい》な音を立てている。

「ほら、音聞こえるでしょ？」

「や、やめて」

フェルナンドの手首を掴《つか》み、イリスが懇願する。

しかし、そんな弱々しい力では止められるはずもなく、彼は器用に指先を動かして彼女を攻めたてた。

わざと空気を含ませるようにして、イリスの中を掻《か》き回す長い指。その指が立てる、くちゅくちゅといやらしい音がイリスの羞恥《しゅうち》を煽《あお》った。

「こんなに溢れて……いやらしいね、イリス。乱暴にされるのが好きなの？」

「ふっ……うぅ……」

わざと気持ちを逆なでするようなことを言うフェルナンドに、イリスはとうとう嗚咽《おえつ》を上げて泣き始めた。

イリスが彼を嫌いだと決めつけ、乱暴にされるのがいいのだろうと言う。そんなこと、あるわけないのに。

「ひどい。違い、ます……！　私はフェルナンド様のことが好きだから……」

そう言うと、フェルナンドは一瞬息を呑み、ぴたりと愛撫を止めた。

イリスはほっとして、言葉を続ける。

「フェルナンド様が触るからこんなふうになるのに、どうしてそんなひどいことを言うのですか？」

溢れた涙をぐしぐしと拭《ぬぐ》う。強く擦《こす》って目元が痛いが、そんなことは気にならなかった。

もっと痛い場所がある——胸がとても苦しくて、痛い。

「僕が触るから、こうなるの？」

「ああっ！」

止まっていた指がおもむろに動き出し、奥のいいところを突く。

イリスは一際大きな快感に背を仰《の》け反《ぞ》らせて喘《あえ》いだ。

「イリス。僕に触れられるのがいいの？　気持ちいい？」

「あっ、あ、いい……気持ち、い……ああっ」

二本の指をバラバラに動かされ、親指で膨れた芽を擦《こす》られて……イリスは呼吸もままならず、フェルナンドに翻弄《ほんろう》されてしまう。

フェルナンドはハッと熱い吐息を漏らし、再び彼女の胸に吸いついた。

同時に弄《いじ》られ快感が倍になり、イリスはシーツを握って嬌声《きょうせい》を上げる。

「あぁ、んぁ、は……ああ……」

胸の膨らみを十分に堪能《たんのう》したフェルナンドの唇が、ゆっくりとお腹へ伝う。そこにも強く吸いつき、痕《あと》をつけながら中心の窪《くぼ》みに舌を差し込んだ。

ちろちろと動く舌は、くすぐったいような気がする。けれど、そのすぐ下でいやらしくお腹の奥を掻《か》き回す指が生む快楽に混ざると、そのこそばゆささえも官能的な刺激に変わってしまう。

さらに下へ移動する唇は、ついに彼女の濡れそぼった花園へ辿り着いた。

「ひゃっ、あ、あっ、やぁ……」

蜜に塗れた柔肌にちゅっ、ちゅっと吸い付いた後、フェルナンドが真っ赤になって顔を出した芽を舐《な》める。

敏感なそこを何度も嬲《なぶ》られ、イリスは腰をくねらせた。

「あ、ダメ……フェルナンド、さ……ひ、あっ、あぁ――」

そのまませり上がってくる悦《よろこ》びをどうすることもできず、彼女は爪先《つまさき》を丸めて息を止めた。

早鐘を打つ鼓動に共鳴するかのようにいやらしくうねる中が、フェルナンドの指を締めつける。

彼はその感触を楽しんでいるのか、指を抜くことはせず、蠢《うごめ》く膣壁に合わせて緩《ゆる》く動かし続けた。

「あ、あっ、ン、んっ……あぁ……」

じりじりと生まれ続ける熱。

フェルナンドが濡れた唇を舐《な》めながら、悶《もだ》えるイリスを見つめている。

「フェルナンド、様……」

「イリス」

イリスが手を伸ばすと、フェルナンドが優しく名を呼んでくれる。激しく感情を露《あら》わにしていた先ほどよりも穏やかな声色だ。

彼はゆっくりと指を引き抜くと、身体を移動させ、彼女に再び覆《おお》いかぶさる。

唇が触れそうな距離に顔が近づき、イリスは無意識に自分の唇をそれに重ねようとした。

けれど、フェルナンドは応えてはくれない。彼の表情が困ったような、嬉しいような複雑なものに変わる。

「イリス……君は、僕のものだよね?」

「――ッ」

フェルナンドの震えた声に、イリスは息を呑む。

「へ、蛇さ……」

初めて彼に会ったときと同じだ。

イリスはそう思った。

あのとき彼は蛇さんだったので、表情や声はわからなかった。けれど、彼女は蛇が自分を怖がっていると感じたのだ。

お城のパーティの日、初めて人間の彼と夜を明かしたときも、フェルナンドの声は震えていて、イリスは蛇さんを思い出した。

頭に浮かぶフェルナンドは、なぜか全て最初に会った蛇の姿で震えている。

つい「蛇さん」と呟《つぶや》いてしまったイリスの頬に、フェルナンドの大きな手が添えられた。

「やっぱり、イリスは蛇さんが好きなんだ」

ぽつんと呟《つぶや》く。

王子のその言葉には、どこか諦めに似た響きがあった。

フェルナンドは最初から龍には戻りたくないと言っていた。「イリスが好きな蛇さん」でありたいと願っていた。

つまり彼にとっても蛇は特別なものなのだろう。

それを、イリスが龍に戻って国王になってほしいと願ってしまって、それが不満だったのだとしたら……

フェルナンドが蛇さんに固執《こしつ》しているのは知っていたのに、その拘《こだわ》りを増長させてしまっていたことに、イリスは慌てた。

「ち、が――や、ああっ」

だが、彼女が否定するよりも早く、フェルナンドが動く。イリスの膝を押し開き、昂《たかぶ》りを一気に蜜壺の中へ押し進めたのだ。

ぐっ、ぐっと腰を押しつけられ、あまりの圧迫感にイリスの瞳から涙が溢れる。

「はっ……フェルッ、違、あ、ああ、待っ……んあぁっ」

最奥を何度か突くと、フェルナンドは腰を引き、そうかと思えば再び奥まで熱塊《ねっかい》を沈めた。

昂《たかぶ》りの先端が膣壁を擦《こす》るたびにぞくぞくとした快感が身体中に広がって、イリスは自分の思いを言葉にできなくなってしまう。

違う。

違うのに――イリスは、こんなふうに怯《おび》えている彼を守ってあげたいだけなのに。

どうして伝わらないのだろう。

どうやったら伝わるのだろう。

「ああ、あっ……んっ、んあ、あぁっ」

大きく揺さぶられながら、イリスは自分の無力さを歯痒《はがゆ》く思う。

「イリス、考え事なんて、しないで。僕だけ、見て」

「んんっ、ン、ふぅ」

そんなイリスの思考を敏感に感じ取るフェルナンドは、彼女の頭を抱え込み、唇を貪《むさぼ》る。唾液が零《こぼ》れるのも構わず、舌を深く絡め、呼吸まで奪うかのような激しいキスを繰り返す。腰の動きを止めないまま、一ミリも離れたくないといわんばかりに身体をくっつけて、イリスのすべてを奪おうとしているかのようだ。

剛直の抜き差しされる泉から溢れる蜜が泡を立て、はしたない水音が響く。

「イリス」

「は、あっ、フェルナンド、様……」

涙でぼやけた視界に、フェルナンドの泣きそうな表情が映る。

イリスは必死に手を伸ばし、彼を抱きしめた。

「イリス、お願い。僕は君がほしい」

フェルナンドは苦しいくらいに強くイリスを抱きしめ返し、懇願する。

こんなふうに縋《すが》らずとも、イリスはフェルナンドと共に生涯を過ごすつもりだ。そう、しっかり自分の気持ちを伝えたいのに、激しい情事の中では叶わない。

さらに律動を速められ、イリスは迫ってくる絶頂に意識を攫《さら》われる。

それでも顔を首筋に埋めた彼の吐息から、余裕がなくなりつつあるのはわかった。

「んんっ、あっ、あぁ……も、だめ……ッ」

「ん……僕も、もう――」

ちゅっと首筋に吸い付いてから、フェルナンドは上体を起こし、イリスの膝を自分の腕に引っ掛ける。

「あぁ――っ」

より深く潜《もぐ》り込んでくる剛直を、イリスの中がうねって迎え入れる。膣壁が彼を離さないといわんばかりに吸いついて、フェルナンドがかすかに呻《うめ》いた。

隘路《あいろ》をこじあけ、太く硬いものが抜き差しされる。

イリスはうっすらと目を開く。こちらを見つめるフェルナンドの瞳にある色――それを見極めたかった。

けれど、涙が溢れて視界が滲《にじ》み、叶わない。

「あっ、あ、んぁあっ」

肌を打ち付ける音が大きくなり、イリスの足がガクガクと揺れる。

イリスはシーツを握り締め、身体をしならせた。

「んあっ、ああ、あああぁあ――」

「っ、イリス……!」

彼女が一際大きな刺激に絶頂を迎えたのと同時に、フェルナンドも息を詰めた。それでも、彼のオスはまだ爆《は》ぜず、その質量を保ったままだ。

「イリス……まだ、足りない」

一度それをずるりと引き抜くと、フェルナンドは彼女の身体を横向きに抱えて、後ろから再び熱《ねっ》塊《かい》を沈めた。

「ひ、や――ッ」

片足を持ち上げられた格好で、彼のものがゆっくりと中を擦《こす》る。

激しく揺さぶられていた先ほどよりは緩《ゆる》やかだが、違う場所が擦《こす》られて新たな快感を生んだ。絶頂を引きずった身体には、十分すぎる悦《よろこ》びだ。

イリスはシーツを握って、無意識に逃げようと身体を捩《よじ》った。

「イリスッ」

それを追いかけて、フェルナンドが身体を寄せた。今度はうつ伏せになったイリスに覆《おお》いかぶさる体勢になる。

そして後ろからぐりぐりと中を抉《えぐ》る動きを繰り返す。

「ああっ！」

イリスは猫みたいに身体をしならせて嬌声《きょうせい》を上げた。

フェルナンドの手は後ろから豊満な膨らみを鷲掴《わしづか》みにして、揉んでいる。その手のひらに勃《た》ち上がった蕾《つぼみ》が擦《こす》れて気持ちいい。

「んっ、イリス……すごい、きつ……もう、出すよ……」

我慢できないと呟《つぶや》いて、フェルナンドはイリスの下腹部に手を当てた。

その仕草に、これから起こる淫らな瞬間が頭を過《よ》ぎり、イリスの中が期待でうねる。それが嬉しかったのか、フェルナンドがフッと息を吐き出して、ベッドに両手をついた。

そのまま抽送を激しくし、イリスの柔らかな肌と彼のそれがぶつかる音が大きくなる。

「んん、はぅっ、ああ……あっ」

イリスはただただ膨らんだ快感の風船が弾《はじ》ける瞬間を望むことしかできなかった。

「イリス！」

「あ、ああ――」

最奥の、さらに奥を目指すかのようにフェルナンドが腰を押し込み、白濁を注ぐ。

イリスの中も、彼から与えられる熱をすべて受け止めようと収縮を繰り返した。

息を詰め、すべての精を放ったフェルナンドがゆったりと彼女の中から抜け出し、その隣に身体を横たえる。

「フェルナンド様……」

イリスは荒い呼吸を繰り返しつつ、フェルナンドへ手を伸ばした。彼の頬に触れ、汗で額《ひたい》に張り付いた髪を掻《か》き上げる。

「イリス……」

イリスの手首を掴《つか》み、フェルナンドが彼女の手を頬にくっつけた。

「イリス……っ、イリス」

目をぎゅっと閉じ、力のない声でイリスを呼ぶフェルナンド。まるで母親に縋《すが》るかのような彼に、イリスの胸がまたしても痛む。

激しい行為――それは、フェルナンドの燻《くすぶ》った気持ち、どこへぶつけたらいいのかわからない苛立ちを表している気がした。

でも嵐みたいな感情が過ぎ去った今、フェルナンドの表情には後悔が滲《にじ》んでいるように思える。

イリスには、王子の重圧はわからない。

理解するためにどうしたらいいのかもわからないまま、彼のそばに来てしまった。本当は、それではいけなかったのに……。

自分がもっと頼りがいのある女性だったら。無知な伯爵令嬢でなければ、こんなふうにフェルナンドを不安にさせることはなかったかもしれない。

もっと彼の支えになりたい。そのために、イリスも努力したい。

(私は、貴方のことが好きなのです。ときおり寂しそうにしたり、周りを怖がったりする貴方を守りたい。貴方のそばで……)

自分の想いを心の中で反芻《はんすう》し、フェルナンドの額《ひたい》にキスを落とした。

「私は……どう、すれば……」

どうしたら、貴方の役に立てるのですか——と、その言葉は夢か現《うつつ》か。

イリスが瞼《まぶた》を閉じる瞬間、フェルナンドの泣きそうな顔が見えた気がした。


その夜見た夢は、とても不思議なものだった。

『イリス』と呼びかけられたことは覚えているのだが、それが誰だったのかはわからない。父や兄、フェルナンドでもないその声は、なぜかイリスに謝っていた。『どうしようもないやつだが、もう少し見守ってくれ』とも。

（誰……？）

イリスの問いに、その声が答えてくれることはなく、彼女の意識は再び深い眠りへと落ちていった。

＊＊＊

翌日。

イリスは自室で編み物をしていた。

毛糸は侍女がすでに調達してくれていたので、早速マフラー作りを再開することにしたのだ。

フェルナンドはなかなかマフラーが出来上がらないことにも不満を持っているようだったし、これを完成させて渡すときに話ができれば良いと思っている。

それまでに、自分がフェルナンドのために具体的に何ができるのかをしっかり考えなければならない。

一から毛糸を編みつつ、イリスは昨夜のフェルナンドの様子を思い出す。

やや乱暴にはされたものの、イリスを傷つけようとする意思は感じられなかった。むしろ、イリスを離すまいと必死で周りが見えていないような、余裕のなさが際立っていたと思う。

最初こそ彼の強引さやイリスを信じきれていないような発言に胸が痛かったけれど、終始苦しそうだった様子が痛々しくて自分の悲しみなど霧散《むさん》してしまった。

（フェルナンド様……）

　できれば今朝、話したかった。

　けれどイリスが目覚めたとき、フェルナンドの姿はなかったのだ。

　王子として忙しい身なので仕方がないことではあるが、険悪な雰囲気が続いているので気になってしまう。

　ルッツとの関係は誤解だとわかってもらわなければならないし、破られたマフラーのことは警備の問題なので報告しなければいけない。

　他にも話したいことはたくさんある。わだかまりが残ったままは嫌だ。

　イリスは手を止めてため息をついた。

　そのとき、突然部屋の扉が開き、彼女はビクッと顔を上げる。

「あら、貴女、またマフラーなんて作っているの？　そんなもの無駄なのに」

　クスクスと馬鹿にしたような笑いを漏らしつつ近づいてくるのはビアンカだ。

　ノックもなしに王子の婚約者の部屋に入ってくる無作法に加え、イリスを見下すような発言や視線――当たり前だが、いい気分ではない。

「な、何か御用ですか？」

「何かって……、私は貴女の護衛騎士になったの。だから、貴女と行動しなければならないのよ。不本意だけれどね」

　ビアンカは意地悪そうに笑った。

そういえばルッツがそんなことを言っていた気がする。

しかし、彼女の態度は到底王子の婚約者に仕える者のそれではない。本当に護衛なのか疑わしいとイリスは思った。

無意識に眉をひそめたイリスの視線の先で、ビアンカが許可もとらずにソファに腰を下ろし、足を組む。

「あ～あ、お姫様の子守りなんて退屈じゃない？　どうせなら、フェルナンド様の護衛が良かったわ。貴女たちって兄妹そろって邪魔よね」

イリスへの嫌悪感を隠そうともしない。

彼女は、自分がイリスより勝っていると信じて疑っていないみたいだ。

確かにすらりと背の高いスレンダーな美人だが、言動に問題があるようにイリスには感じられる。

それに……

「あの、護衛騎士の件ですが、私は何も伺っていません。こんな急に……」

普通なら、少なくとも改まった紹介があるものではないのだろうか。

イリスは一度ビアンカに会っているが、それは偶然だ。フェルナンドとセシリオの口から、ビアンカが護衛につくとは聞いていない。

やっぱり、変だ。

「ふふ、私のことを疑っているって顔ね。まぁ、当然かもしれないけれど……。ただ、護衛騎士に任命されたことは本当よ。それが今日からではないってだけで――」

悪びれる様子もなくそう言うと、ビアンカはにっこりと笑顔を作った。

「だから、それを聞きつけたお人好しさんがもうすぐここに来るわ。私は騎士仲間の恋を応援する心優しい先輩なの。彼にチャンスをあげることにしたのよ」

ぺろりと唇を舐《な》めた彼女が部屋の扉へ視線を向けるのと同時に、ドンドンと大きな音がして扉が揺れた。

イリスがハッとそちらを見ると、切羽詰《せっぱつ》まった男性の声が聞こえてくる。

「イリスさん！　こちらにいますか!?　何か、変なことを――」

それを面白そうに聞きつつ、ビアンカは入り口に向かい、扉を開けた。

「ルッツさん！」

開いた扉から勢い良く部屋へ飛び込んできたのは、ルッツだ。

ビアンカはそんな彼の背を軽く押し、自分は部屋の外へ出る。

「わーっ!?」

前のめりに飛び込んできて、さらに背中を押されたルッツは体勢を崩し、床に手をつく。

「婚約者が自分の部屋に男を連れ込んでいるなんて、フェルナンド様が知ったらとても残念に思うでしょうね。密室に男女が二人きりなんて誤解されても仕方ないわ。そうでしょう？　もちろん、誤解じゃなくてもいいのよ、ルッツ」

上機嫌でそう言い、あっという間に扉を閉めたビアンカを止める術《すべ》はなかった。

扉が閉まった直後、ビリッとした空気が肌を撫《な》で、イリスは身体を震わせる。

（魔法！）

――閉じ込められた、と気がついたときにはもう遅かった。

「それじゃあ、ごゆっくり」

外からビアンカの声が聞こえ、あははっという高笑いが遠ざかっていく。

「ま、待って！　待ってください！　きゃっ」

慌てて扉へ近づくものの、魔法がかかったそこへ触れた瞬間、バチッと大きな電流が走ってイリスの手は弾《はじ》かれてしまった。

「イリスさん……」

ルッツは床にへたり込んだまま、申し訳なさそうな顔でこちらを見ていた。

「すみません、俺……ビアンカさんが命令でもないのにイリスさんの部屋に向かったと聞いて、慌ててしまって。正式な辞令を待たずイリスさんに近づくなんて……その、何か企《たくら》んでいるのではないかと思ったのです……。けれど、まさかこんな計画だったなんて。俺はまんまとビアンカさんの作戦に乗せられてしまったみたいです」

片手で顔を覆《おお》い、悔しそうな彼に、イリスは「いいえ」と首を横に振る。

「ルッツさんのせいではありません。……けれど、困りました」

「そうですね。実は、俺は魔法があまり得意ではなくて……ビアンカさんはそれもわかっていてやったのだと思いますが」

「……そうですか」

イリスも魔法は使えない。

魔法の素養は体質や遺伝が大きく影響するもので、いわゆる魔法使いという職業についている人は少ないのだ。

騎士の中に簡易魔法を使える者は多いが、ほとんど剣術を少し補う程度である。

ルッツは立ち上がると、扉を注意深く観察し、何やら呪文を唱えた。

その表情からうまくいっていないことが窺《うかが》える。

「——すみません、やっぱり俺では解除できないみたいです。ビアンカさんの家は代々魔法使いを生業《なりわい》としていますから、基礎魔力が違いすぎます」

彼女が騎士になったことは異例なのだ、とルッツは付け加える。

「誰かが気づくまで待つしか……でも、そうなると……」

ルッツは頭を抱え、その場にしゃがみ込んだ。

イリスは念のため窓を確認してみたが、扉と同じように見えない何かに覆《おお》われていて触れられない。部屋全体にビアンカの魔法がかかっているみたいだ。

「もうすぐお昼ご飯の時間ですよね。出られないとお腹が空いてしまいます」

「え……？」

イリスが頬に手を当ててそう言うと、ルッツは呆けた声を出す。

「ルッツさんはお仕事に遅れてしまいますし、どうしましょう」

書庫に行っても成果が得られないため、編み物をして過ごそうとしていたイリスは構わないが、ルッツは騎士団の仕事があるはずだ。

「あ！　でも、昼食の準備ができれば、世話係の侍女さんが私を迎えにきてくださると思います。彼女は魔法を使えるでしょうか？」

侍女は、イリスがこの部屋にいることを知っている。

問題はビアンカがかけたらしい魔法を解けるかどうかだが、たとえ侍女が解除できなくても他の人を呼んでもらえるので、一生閉じ込められるということはないだろう。

そう言うと、ルッツがはぁっと大きく息を吐いた。

「俺の仕事のことはお気になさらず、何とでもなりますから。それよりも、イリスさんがフェルナンド様に誤解されてしまうのではないかが心配です。昨日もフェルナンド様はお怒りでしたし……あの後、大丈夫でしたか？」

そう言いつつ、イリスをソファへ座るよう促《うなが》す。彼女がそれに従うと、彼も向かい側に腰を下ろした。

イリスは昨日のことを思い出し、困惑する。

「私は、大丈夫ですけれど……」

フェルナンドはどうだろう。

何も考えず、準備もままならないうちに城へ上がってしまった自分は楽観的すぎた。

フェルナンドが抱えている悩みや境遇など、知らないことが多すぎて、彼の支えになるどころか、結果的に傷つけている。

ため息をつくと、ルッツがますます心配そうな顔になった。

「イリスさん？」

イリスは自分が情けなくなった。

「私、フェルナンド様に国王様になってほしいと言ってしまったのです。フェルナンド様は気が進まない様子でしたのに……。私は心の底から、彼が王にふさわしいと信じているつもりでした。けれど、『役に立ちたい』という気持ちから、自分勝手な願望を押しつけてしまっていたのかもしれません。きっと、フェルナンド様を傷つけました」

蛇さんのことは伏せて、昨日考えていたことを吐露《とろ》する。

ルッツは兄の同僚だからなのか、話しやすい雰囲気があって、イリスは自分の悩みを言葉にできた。

「フェルナンド様のお気持ちがわからないんです。フェルナンド様をお慕いしていて、お役に立ちたいと強く願っています。でも、彼にとって私は必要なのかどうか……」

何もできない伯爵令嬢。

フェルナンドに自分の気持ちすら信じてもらえないのならば、イリスが彼のそばにいる意味はない。

「必要としているから、フェルナンド様は貴女をこの城へ招いたのではありませんか？　フェルナンド様のお気持ちは俺にもわかりませんが、そう思います。俺の人生には、国王になれるなんて選択肢はありませんし、貴女のような可憐な女性と結婚できて不満があるとは……信じられませんけど」

ルッツは眉を下げ、冗談とも取れる言い方をした。

「……でも、王子には王子の苦しみがあるのでしょうね」

しかし、次の瞬間にはしんみりとした様子で言う。

「生まれてからずっと国民から注目されて、王子――国王となることが決まっていて、きっと厳しい教育を受けてこられたのでしょう。反抗したくなる気持ちはわかります。たいした家の出身ではない俺ですら、たまに――」

そこで、ルッツはイリスをじっと見つめる。

彼女はその真剣な瞳にドキッとして、唾を呑み込んだ。

「――何かに逆らいたくなるから」

「ルッツ、さん？」

ゆっくりと立ち上がったルッツが、イリスの座るソファへ移動する。彼女の隣に腰を下ろし、手を取ってその甲に口付けた。

「貴女が迷っていると、なおさら、奪いたくなります」

「あ、あの、ルッツさ――」

「俺は貴女が好きです」

「っ!?」

突然の告白に目を見開き固まってしまったイリスに、ルッツはさらに迫ってくる。

片手で彼女の腰を抱え、頬にもう片方の手を添えて、顔を近づけてきた。

「ご存じなかったかもしれませんが、セシリオさんから、貴女との縁談のお話を受けていました。でも、そんなことは関係ありません。一目惚れです、パーティでお見かけしたときに……。そして、城でお会いしてからは、貴女の優しさにますます惹かれています。もし、俺にもチャンスがあるのなら、フェルナンド様が貴女を大切になさらないと言うのなら、俺は――」

「ダッ、ダメです！」

「むぐっ」

グッと身を乗り出してきたルッツの口に、イリスは置きっぱなしにしていた編みかけのマフラーを押しつけた。

ルッツは、変な角度に首を折られて呻《うめ》く。

「あっ、ご、ごめんなさい！」

慌ててイリスがマフラーを引き戻すと、彼は苦笑いで「いいえ」と答えた。そして、頭を冷やすためなのかゆっくりと息を一つ吸う。

「謝るのは俺のほうです。貴女の悩みにつけこもうとするなんて、最低です。すみません」

ルッツは頭を掻《か》き、申し訳なさそうにする。

イリスは急いで頭を下げた。

「い、いいえ。こちらこそすみません。あの、驚いて……兄がルッツさんと私の縁談を考えていたことを知らなかったので」

「セシリオさんがお見合いをセッティングしてくださる前に、イリスさんはフェルナンド様とご婚約することになりましたから……俺はセシリオさんにお任せしきっていたので、仕方ありません。それなのに、今さらこんなことをしてもかっこ悪いだけですよね」

ルッツの瞳にはまだ未練の炎が燻《くすぶ》っているような気がするものの、その態度はだいぶ落ち着いてきている。

「フェルナンド様は、イリスさんをきちんと愛していらっしゃると思いますよ。俺なんかに嫉妬《しっと》するくらい、貴女を独占したいようですし。悔しいですが……貴女への気持ちは本物だ。フェルナンド様を信じて差しあげてください」

「信じる……？」

「はい。イリスさんは、フェルナンド様の役に立ちたいと言いましたが、それはフェルナンド様が『国王になる』ということを前提にしているように感じました」

ルッツに指摘され、イリスはハッと息を呑む。

彼女は国王になることがフェルナンドにとって最善の道なのだと考え、蛇さんの魔法を解こう、龍王様に会おう、と行動していた。

でも、それは本当にフェルナンドの役に立つ——彼のためになることなのだろうか。

それはずっと悩んでいたことだ。その答えが今、わかった。

嫌がっている彼を無理矢理国王にすることが、イリスの本当の望みなのか。

答えは否だ。

「……でも、私、フェルナンド様が国王になりたくないと心の底から拒否なさっているとは、どうしても思えないのです。フェルナンド様は毎日朝早くから夜遅くまで公務にお出掛けになります。たくさんの書類を整え、自《みずか》ら視察に行かれるのです。私も一度、アルホフ伯爵領への視察に同行しました。そのときのフェルナンド様は、国民の皆さんのために細かいことまで気遣っていらっしゃった……」

国王の座を譲れないと言われてからも、フェルナンドは公務をしっかり続けている。本当に国王になりたくないのなら、何もかもやめてしまっても構わないのに。

そうイリスが呟《つぶや》くと、ルッツは優しく笑った。

「では、お二人には話し合いが必要ですね。フェルナンド様の本心を聞くためにも、イリスさんの気持ちを伝えるためにも」

「そう、ですね。そうしなければ！　けれど、フェルナンド様は私のことを避けていらっしゃるみたいなのです。私に怒っているのかもしれません。どうすればいいのか……」

「フェルナンド様はイリスさんに怒っているのではないと思いますよ。まぁ、喧嘩をしたんで気まずいのでしょうね。それに、嫉妬《しっと》で女性にきつく当たったなんて、冷静になると恥ずかしいものです。その上、男は変なプライドが邪魔してなかなか謝れない」

「まぁ……ルッツさんは、フェルナンド様のお気持ちがわかるのですか？」

彼の話を聞き、イリスは感心してため息をつく。

「王子と騎士という差はありますが、同じ男ですから、多少は。俺の恋愛経験なんて、子供の真似事のようなものですけど……ちょっと似ているなって思いました。こんなことを言ったら、フェルナンド様に怒られてしまいますね」

ルッツが柔らかく微笑み、イリスも釣られて笑顔になる。

「とにかくフェルナンド様とお話をすることが第一です。それには、まずはここから出る方法を探さなければいけません。お腹も空いてしまいますからね」

ルッツが片目を瞑《つむ》り、茶目っ気たっぷりに言う。

「そ、それは……」

イリスは、ここまでのルッツとの会話で、先ほどの自分が見当違いの心配をしていたのだと悟り、俯《うつむ》いた。

「いいんですよ。確かに腹が減っては戦《いくさ》はできぬ、です！」

部屋に閉じ込められている状況で昼ご飯の心配をしていた自分は暢気《のんき》すぎるのだと、今さらながら気づく。

ルッツは彼女の失態に気づかなかったふりで、すぐに部屋を見回し壁際を慎重に歩き始める。魔法のほころびを探しているのだ。

「ビアンカさんの魔法はかなり精巧ですからね……あ、ここはどうでしょうか？」

そう言って彼が指差したのは、部屋にある暖炉だった。今は暖かいので使っておらず、綺麗に掃除されている。

「扉や窓と違って、煙突は穴が開いているので、施錠の魔法効果は弱まるはずです」

元々閉じている扉や窓を強固に繋げるのが施錠の魔法なのだと、ルッツが説明してくれる。蓋が閉まっていない空間への効果はどうしても弱まるらしい。

ルッツは四つん這《ば》いになり、顔を暖炉の中へ突っ込んだ。

「うわっ!?」

だがその直後、叫び声を上げる。同時にゴツンと鈍い音がして、彼は蹲《うずくま》った。

「ルッツさん！　大丈夫ですか？」

イリスは驚いて彼に駆け寄った。

けれど、頭を押さえている彼の手の上に載っているものに気づいて、伸ばしかけた手を止める。

「蛇さん……」

ルッツの手の上に、見慣れた蛇がいる。

その蛇はじっとイリスを見つめていたが、次の瞬間ポンッと音を立てて人間の姿に変わった。

「イリス、またこいつと内緒話をしていたね？　それに君も、騎士のくせにこんな簡単な魔法で閉じ込められて、王国騎士団がこんなんじゃ困るんだけど……」

「えっ、え？　フェ、フェルナンド様？　えっ？　でも、さっきは蛇が……」

フェルナンドは四つん這《ば》いのルッツの背に座って足を組み、イリスを見据えている。ルッツは突然現れた王子に狼狽《ろうばい》を隠しきれていない。

首を捻《ひね》ってフェルナンドを見てはいるが、身体はそのままだ。

「失礼な。蛇じゃなくて龍！　僕はジグリア王国の直系で龍の血を継いでいるんだから、蛇なわけがないでしょ」

「あっ、も、申し訳ありません」

息をするように嘘をつく王子と、まったく疑いもしないルッツ。一方のイリスはフェルナンドと対峙して動けずにいる。

自分のやるべきことはわかっていた。でも、いざ彼と面と向かうと、どう切り出せばいいのかわからないのだ。

フェルナンドはやっぱり怒っているかもしれないと、不安になる。

それでも、心を決めて口を開いた。

「フェルナンド様、お話が……」

「なあに、イリス？　そんなに怯《おび》えて、僕にうしろめたいことでもあるの？　たとえば、こいつと……何かしてたとか？」

フェルナンドが目を眇《すが》めて問いただす。

強い瞳で見据えられて答えることができず、イリスは唇を震わせた。

第四章　蛇さん、龍になる

それは、イリスとルッツが部屋に閉じ込められる数刻前。

フェルナンドはいつもより早い時間に部屋を出て、とある場所へ向かっていた。

イリスと顔を合わせづらかったからというのが大きな理由だったが、もう一つ、確認したいことがあったためだ。

昨日、イリスの世話を担当する侍女を廊下で見かけた。そのとき彼女が持っていた毛糸の塊《かたまり》に見覚えがあり、フェルナンドは思わず声をかけたのだ。

すると、侍女はあからさまにうろたえた表情で「毛糸が足りなくなったから買って参ります」と、持っていた毛糸の塊《かたまり》を背中に隠して握りしめ、そそくさと立ち去ろうとするではないか。

不審に思い、それを取り上げたときの衝撃は、今までで一番の大きさだったと言ってもいい。

たかがマフラーだと言われればそれまで。

けれど、イリスが作ってくれるマフラー、しかも蛇さんとお揃いのそれは、フェルナンドにとって何より大切な宝になるはずのものだ。

だから、故意に切り裂かれたそれを見て、一気に頭に血が上ってしまった。

侍女が説明しようとするのも無視して、イリスのもとへ走る。

彼女が自室にいないことに腹を立て、どこにいるのかと周囲を探した。そして、中庭で彼女がルッツと一緒にいるところをベランダから見て、フェルナンドはますます焦ったのだ。

急いで中庭に出ると、二人は仲良く顔を寄せ白い猫を撫《な》でている。

イリスが新しく友達を見つけてしまったこと、ルッツと親しくしていること——蛇さんではなく猫に、フェルナンドではなくルッツに……

彼女の気持ちが他のものへ移ろうとしているかのような状況に、フェルナンドは我を忘れてしまった。

誰がマフラーを切り刻んだのだとか、その人物がイリスを傷つけようとするかもしれないとか、もっと考えなければならないことはたくさんあったのに。

自分がイリスのためにやらなければならないことが他にあることなど、頭の中から消し飛んでしまった。

そこまで思い出し、フェルナンドはため息をつく。

——貴方がイリスのことなんてこれっぽっちも考えていないこと。

セシリオの言葉が突き刺さった。

(本当に……)

冷静さを取り戻した今は、大きな後悔が押し寄せる。

どうしようもなく子供な自分を呪ってやりたい。すぐにでも彼女に謝らなければならないのに、顔を合わせづらいからと逃げている弱い自分も……

フェルナンドは、廊下を急いだ。

とりあえず、謝罪の件は後回しにする。

イリスを傷つけようとする者がいるのは間違いないのだ。そちらを始末するほうが先だった。

フェルナンドは危険を排除して、彼女を守らなければならない。

それが最低限の償《つぐな》いにもなるだろう。

フェルナンドは鍵の管理室へ向かっていた。

侍女の話では、前の日のイリスの世話係が怪しいそうだ。実際、侍女が確認したところ、鍵の貸し出し記録は通常通り——怪しい形跡はなかったという。

確かに、侍女たちにイリスを傷つける動機はない。また、故意に誰かを傷つけようとする人間が、そんな簡単な証拠を残すはずがないとも思う。

冷静になったフェルナンドには、犯人に心当たりがあった。

鍵の管理は騎士団の管轄だ。

騎士であれば、自分で、もしくは同僚に目を瞑《つむ》ってもらって、鍵を持ち出すことができる。

「遅かったですね、フェルナンド様」

辿り着いた管理室でそう言ったのは、セシリオだ。

扉に寄りかかって腕を組む彼は、フェルナンドを待っていたらしい。

「犯人はビアンカですよ。帳簿に証拠は残っていませんでしたけどね」

「……そう」

証拠はないのに決めつけた言い方をするセシリオに、フェルナンドは肩を竦《すく》める。

ビアンカが犯人だということは、当然行き着く結論だ。

他にそんなことをする動機を持った人物はいない。

彼女の態度から考えると、フェルナンドがイリスとの婚約に「困っている」と勘違いしているようだ。多少雑なことをしても、王子が自分をかばってくれると考えているのだろう。

「貸し出し帳簿にビアンカの名前はありません。先日の鍵の管理担当にも問いただしましたが、侍女以外には貸していないと証言しています」

「あの女は魔法が使えるからね」

フェルナンドがセシリオの説明に付け足すと、彼は「ほう」と感心したように目を見開く。

「貴方は覚えていらっしゃらないのかと」

「覚えていたわけじゃない。調べただけ」

過去の女など覚えていないし、思い出す意味もない。フェルナンドにはイリスがいるのだ。

しかし、イリスへの悪意に満ちたあの瞳……

フェルナンドは彼女の経歴を急いで調べていた。

「それだけわかっているのに、イリスを疑ったわけですね？」

「疑ったわけじゃない。ただ……自分の気持ちが抑えられなかったんだ。それでイリスを傷つけたのは反省している。でも……」

「でも、謝りたくないと？」

的確な指摘に何も言い返せない。

フェルナンドはグッと言葉に詰まり、セシリオに背を向けた。

「謝るよ！　この件を解決して、きちんと謝ろうと思ってるんだ」

イリスのことになると大人になりきれない自分が恨めしい。

今まで誰に対しても冷めていた気持ちが嘘みたいだ。彼女のことを想うと、喜びも悲しみも限界値を簡単に振り切ってしまって、コントロールできなくなる。実に情けない。

フェルナンドが自省していると、背後でフンッと鼻で笑う音が聞こえた。

セシリオには、フェルナンドの気持ちなんてお見通しなのだろう。一つしか歳《とし》は違わないのに、自分よりずっと周りが見えている彼が羨《うらや》ましいとさえ思う。

でも、どうしようもないのだ。

今のフェルナンドはこんなもの。器《うつわ》の小さな蛇さんだった。

――私は……どう、すれば、貴方の……役に、立てる……？

不意にイリスの言葉が蘇《よみがえ》る。

イリスは、こんな自分の役に立ちたいと言ってくれた。ひどいことをしたのに、怒ることもなく優しく触れてくれた。

イリスを守りたい。守らなければ。

突然、今まで焦るばかりで漠然としていたものが、しっかりと形になったような気がした。

国王になって国民を守る。そのことの意味は正直、未だに疑問が残る。

でも、それがイリスを守ることになるのなら……

しっかりと背筋を伸ばし、セシリオを振り返る。

「セシリオ、今日の君の任務は僕の護衛じゃない。ビアンカの動向を探ることだ。もちろん、気づかれないようにね」

「承知していますよ」

「僕は、通常通りの公務をするよ。君のことは適当に言っておく。口うるさいから置いてきたとでも」

「ああ、それなら誰も疑わないでしょうね」

そこでお互いに少し笑い、二人は廊下の分かれ道を別々に進んだ。


それから数刻後。

執務室で書類を確認していたフェルナンドは、セシリオからビアンカの動向の連絡を受けて、城の屋根に登っていた。

煙突からイリスの部屋へ侵入するためだ。

彼女の部屋の周りには魔法がかかっていたが、穴の開いた煙突の部分だけは、魔力が弱い。

ポンッと音を立てて蛇の姿になり、煙突の中へ侵入する。

もともと魔力の強いフェルナンドがちょっと突《つつ》くと、魔法の膜《まく》は簡単に破れた。

あまりにも隙の多いビアンカの魔法に、彼女の騎士としての適性も疑ったくらいだ。

そして、そんなくだらない事態を引き起こした自分の過去の行いに自嘲《じちょう》する。

フェルナンドは、少しずつ壁を伝って煙突を下っていった。

蛇の姿で飛び込み、中にいるらしいルッツが攻撃してきたら無傷では済まないので、気づかれないよう慎重に進む。

だんだんと部屋の明かりが近づいてきて、何やら二人の会話も聞こえ始めた。

「――フェルナンド様のお気持ちがわかるのですか?」

「王子と騎士という差はありますが、同じ男ですから、多少は。俺の恋愛経験なんて、子供の真似事のようなものでしたけど……ちょっと似ているなって思いました。こんなことを言ったら、フェルナンド様に怒られてしまいますね」

イリスの驚いたような声に返すルッツの言葉にフェルナンドはムッとする。

(全然、似ていない!)

いつもニコニコとして、フェルナンドが抱えているような汚い感情なんて欠片《かけら》も持っていない男とは、一緒にされたくない。

イライラしながら聞き耳を立てていると、その後、ルッツはのんびり屋のイリスをちょっとからかっていた。

そのことにさらに腹が立ってくる。

イリスの可愛い一面を見られるのは、フェルナンドだけのはずなのに……

暖炉の下まで辿り着いた彼は、身を潜《ひそ》めてタイミングを窺《うかが》った。

ルッツが暖炉に近づいてくる気配を感じ、じりじりと彼の頭が見えるのを待つ。

そして、彼が暖炉の中に顔を突っ込んできた瞬間に、大きく口を開けて威嚇《いかく》した。

「うわっ!?」

ルッツは大層驚き、仰《の》け反《ぞ》った瞬間、レンガに頭を強《したた》か打ちつける。

少しすっきりしたフェルナンドは、蹲《うずくま》って頭を抱えている彼の手に飛び乗った。

「ルッツさん！　大丈夫ですか？」

イリスが慌てて駆け寄ってくる。

けれど、フェルナンドに気づくと伸ばしかけた手を止め、呆然と「蛇さん」と呟《つぶや》いた。

そのばつの悪そうな表情を見て、フェルナンドの悪い癖が出てしまう。

「イリス、またこいつと内緒話をしていたね？」

人間に戻って真っ先に出てきたのは、刺々《とげとげ》しい言葉だ。慌てて口を閉じ、矛先《ほこさき》をルッツに向けたものの、またしても嫌味になる。

「君も、騎士のくせにこんな簡単な魔法で閉じ込められて、王国騎士団がこんなんじゃ困るんだけど……」

先ほど反省したはずなのに、我ながらまったく面倒くさいものだ。

「えっ、え？　フェ、フェルナンド様？　えっ？　でも、さっきは蛇が……」

ルッツの困惑を軽くあしらって、ゆっくりと立ち上がる。

イリスに視線を向けると、彼女は何かを固く決心したような表情でこちらを見ていた。

「フェルナンド様、お話が……」

「なあに、イリス？　そんなに怯《おび》えて、僕にうしろめたいことでもあるの？　たとえば、こいつと……何かしてたとか？」

けれど、フェルナンドが意地悪を言うと、目尻に涙を浮かべて押し黙る。

(僕は何をしてるんだ……このままじゃ、いつもと同じだ……)

イリスの話を聞かず、自分の感情ばかりぶつけてしまうことを、反省したばかりではないか。心の中で自分を叱咤《しった》して、フェルナンドは泣きそうなイリスにゆっくりと近づく。そして、その細い身体を抱きしめた。

「……ごめ、ん……」

謝罪の言葉すらスムーズに言えない自分が情けなくて、抱きしめる腕に力を込める。

少しでも、自分の気持ちが伝わればいい。

「フェルナンド様」

イリスの声は震えていたが、フェルナンドの心に応えるかのように、ぎゅっと抱きしめ返す。

「私も、ごめんなさい。フェルナンド様は国王様にはなりたくないと仰《おっしゃ》ったのに、自分の考えを押しつけてしまって。ごめんなさい、私、どうすればフェルナンド様の役に立てるのか何もわからなくて……」

「違うよ、イリスは悪くない。イリスに知ってほしくないことがあって……、誤魔化してしまった僕が悪いんだ。君を守るどころか、自分の気持ちを優先して、傷つけてばかりで……ごめん」

「傷つけてしまったのは、私も同じです。私も、自分が役に立ちたいと、そればかりで……フェルナンド様の気持ちを一番に考えていませんでした。反省しています。でも、私はフェルナンド様のことをお慕いしています。それだけは、信じてください」

悪いのはフェルナンドなのに、自分も独り善《よ》がりだったと謝る健気《けなげ》なイリス。

フェルナンドは自分の不甲斐《ふがい》なさを強く感じ、彼女を一層強く抱きしめた。

「僕も、イリスのことが好き」

「フェルナンド様……！」

強い抱擁《ほうよう》の後、顔を上げた彼女の唇に自分のそれを重ねる。

後頭部を抱え込み、気持ちを伝えたくて深く潜《もぐ》り込ませようと舌を入れた。イリスも抵抗することなくそれを受け入れ、背伸びしてフェルナンドに応えてくれる。

「んっ、ふ……」

息をする間もなく重なる唇。呼吸が苦しくなったのかイリスの艶《つや》やかな声が漏れた。

「――コホン！」

そこで、わざとらしい咳払いが聞こえ、フェルナンドは彼女を解放した。

ぼんやりと潤《うる》んだ瞳で見上げてくるイリスをぎゅっと抱きしめ、じろりとお邪魔虫――ルッツに視線をやる。

「君、まだいたの？　イリスの可愛い声を聞いたね？」

「……す、すみません」

王子の鋭い視線にビクッと肩を揺らし、ルッツは真っ赤になった顔を隠すように片手で口元を覆《おお》った。

「あ、あの、でも……そろそろ、ビアンカさんが戻ってくるかもしれませんし」

「ああ……それならなおさら、僕とイリスはいちゃいちゃしていないと。君の予想通り、煙突の部分は魔法が弱いから、そこから出てってくれる？」

「は、はい！」

手で追い払うような仕草をすると、ルッツは姿勢を正して敬礼し、あたふたと暖炉へ潜《もぐ》り込んだ。

「早くね！　外で待ってるセシリオと一緒にこの部屋に来るんだよ！」

「はい！」

ぐいぐいと暖炉の狭い穴に入っていくお尻に声をかけると、ルッツの礼儀正しい返事がこもって聞こえた。

比較的細身とはいえ、騎士として鍛錬を積んだルッツはそれなりに体格がいいので身体がつっかえ、狭い煙突を登るのに苦労している。

クローゼットに隠れて扉が開くのを待つ方法だってあるというのに、バカ正直にフェルナンドの命令に従っている彼を思うと、フェルナンドはまた晴れ晴れした気持ちになった。

＊＊＊

フェルナンドの腕に抱きしめられ、彼とルッツのやり取りを聞いていたイリスは、ようやく自分の恥ずかしい行動に気づいた。

フェルナンドはルッツに煙突から出ていけと命令していたが、自分こそ暖炉の穴に入ってしまいたい。

ルッツの前でフェルナンドとあんな濃厚なキスをしてしまうなんて……。もうルッツとは顔を合わせられない、と思う。

「さて、イリス。僕たちもしっかりいちゃいちゃしないとね」

「――っ！　で、でも、お兄様とルッツさんがこちらへ戻ってくると仰《おっしゃ》ったではありませんかっ！」

慌てるイリスを軽々と抱きかかえ、フェルナンドがソファへ彼女の身体を押し倒した。

「うん。ビアンカも来る。だから、ちゃんと『目撃』してもらわないと」

そのままイリスの顔中にキスを落としつつ、彼はドレスの胸元をはだけさせ、柔らかな乳房に舌を這《は》わせた。

「やっ、ダメです！　フェルナンド様！」

「ん、大丈夫……君の可愛い顔も身体も……心も、僕のものだから。もう誰にも見せない」

「あ――っ」

ちゅっと強く胸の頂《いただき》を吸われ、イリスは身体をくねらせた。

「最後まではしないから……昨日、乱暴にしたところ、舐《な》めさせて？」

「あ、フェルナンド様……！」

昨日とは違う、柔らかな視線。

その瞳で愛《いと》おしそうに見つめられて、イリスの身体からは力が抜けていった。

それを感じたフェルナンドが、イリスの肌に散った赤い花びらを辿って、何度も何度もキスを落とす。

「いい子」

舌の先がくすぐるように丁寧に肌を這《は》い、イリスはぞくぞくとした痺《しび》れを感じて呼吸を乱した。

決して強い刺激ではない。

それでも、フェルナンドが優しく触れてくれることが嬉しくて、快感に繋がる。

「は……ああ、あ……」

やがて、フェルナンドの指先が胸の頂《いただき》を弄《いじ》り始め、イリスは背を反らして喘《あえ》いだ。

ダメだとわかっているのに、そう思うこと自体に背徳感を覚える。イケナイ悦楽に呑み込まれてしまうのだ。

ビアンカやルッツ、それに兄にまでこの秘め事を見られてしまったら……

「や、フェルナンド様、お兄様が……」

「うん。そろそろ、かな」

恥ずかしがるイリスを慰《なぐさ》めるように目尻の涙を舐《な》めとり、頭を撫《な》でたフェルナンドは、ドレスの胸元を引っ張って露《あら》わになっていた膨らみを隠した。

代わりにスカートを捲《まく》り上げ、その中へ手を差し込む。

「えっ、あ！　んんっ」

突然の行動に驚くイリスの唇を塞《ふさ》ぎ、スカートの中で太腿《ふともも》をゆっくり撫《な》で回す。

「は、ン……んっ、ふ、んぅ」

くちゅりと唾液が絡む音が部屋に響き、その音に煽《あお》られたかのように口付けが深くなった。

イリスはフェルナンドの肩にしがみつき、翻弄《ほんろう》されるがままになる。

もう止めないといけないと思うのと同時に、彼の優しい手つきをもどかしいと感じた。

際どいところまでなぞられているのに、でも、足の間の潤《うる》んだ場所には届いてくれない。

「あ、フェルナンド様……」

触れてくれれば、辿り着けるのに。イリスの身体を彼女以上に理解している彼が、触れてくれたら……

「イリス……僕のこと、好き？」

その問いには「触れてほしいか」と聞いているような甘く淫らな響きがあった。

「好き……好きです。フェルナンド様にしか、触ってほしくないの」

「うん。僕も、君だけだ。イリスを愛してる」

嬉しそうにそう言ったフェルナンドは、イリスの額《ひたい》に軽くキスを落とした後、彼女の身体を抱き起こし、しっかりと胸に抱いた。

そして、彼女の肩越しに「そういうことだから」と言い放つ。

「え……？」

ハッとして首を捻《ひね》ると、そこにはビアンカが立っていた。

その後ろにはルッツとセシリオもいる。

ルッツは恥ずかしそうに顔を背《そむ》け、セシリオは真剣な顔でフェルナンドを見据えていた。

ビアンカは顔を真っ赤にし、両拳《りょうこぶし》を握り締めて涙さえ浮かべている。

とても苦しそうな彼女の表情を見て、イリスの胸が締めつけられた。

ビアンカはフェルナンドのことが好きなのだ――本能的にそう感じ、複雑な思いにかられる。

「君と関係を持って、君に勘違いをさせたのは僕だから、それは謝る」

そこで、フェルナンドが鋭い視線のまま頭を下げた。

「ごめんね。……でも、イリスを傷つけることは許さない」

彼の言葉に、イリスは思わず彼の服を握り締める。

フェルナンドは、優しい視線をイリスに向け、彼女にも謝罪をした。

「イリスもごめん。僕はビアンカや――他にもたくさんの人とそういう関係になったことがある。

イリスにもこの意味は、もうわかるよね？」

フェルナンドにとって、決して誇れるものではない過去。周囲の人々が一様に難しい顔をする原因。

さすがのイリスも、それがわかるようになっていた。

イリスの知らない出来事――仕方ないことだと理解していても、本人の口から聞くとショックだ。

しかし、自分の背中を撫《な》でるフェルナンドの手は震えていて、彼が怖がっていることが窺《うかが》えた。

そして、彼が誤魔化したりせず、とても真剣に話をしてくれたことに嬉しさがこみ上げる。

しっかりとフェルナンドを見つめ返すと、彼は言葉を続けた。

「――でも、今は君だけ。王子であることにうんざりして、蛇になったのを幸いに周囲に迷惑をかけていた僕を救ってくれた君のことを、愛《いと》おしく思っている。イリスは特別なんだ……僕を、信じて、くれる？」

「……はい。信じます」

フェルナンドの問いに、イリスは迷うことなく答えた。

彼と自分の間に足りなかったものは、信頼。

フェルナンドは本当の自分を認めてほしくて、イリスは何もできない自分から脱したくて、お互いに自分のことばかりだった。

そして、焦りに任せて相手への思いやりを忘れていたのかもしれない。

「だから、もっと教えてください。フェルナンド様のお気持ちを……私は、ずっと貴方のおそばにいますから」

「うん」

二人がお互いに微笑み合ったところで、盛大なため息が聞こえた。

「そういうことで、ビアンカ。君が入り込む余地はないよ。とても残念だけどね」

セシリオがビアンカに歩み寄り、彼女の肩を叩いて声をかける。

「フェルナンド様に遊ばれた君は気の毒だと思う。けれど、それはあの腹黒王子の責任だから、うちの妹に突っかかるのはやめてくれるかな？　それに、周りを巻き込むのも良くない」

彼の視線の先——扉の外には、ルッツと共に何人かの騎士がいるようだ。

「君はルッツとイリスが一緒にいるところを目撃させて、二人の仲を引き裂こうとしたんだろうけど、彼らにも任務があるんだ。そんなことのためにいちいち呼び出されるほど暇じゃないし、風紀を乱されるのも困る。ペナルティは受けてもらうよ」

セシリオはしっかりとその場をまとめた。その様子は、さすが王の信頼の厚い騎士、といった感じだ。

一方のビアンカは何も言わず、ただただ唇を噛みしめて立ち尽くしていた。

「ビアンカさん……」

そんな彼女に、思わず声をかけてしまったイリスは、自分を睨みつける視線に一瞬怯《ひる》んだものの、それをしっかり受け止めて息を吸い込んだ。

「一つだけ教えてください。フェルナンド様へのマフラーを切り裂いたのは、貴女ですか？」

すると、ビアンカはフンと鼻で笑った後、顔を歪《ゆが》めて言い放つ。

「そうよ。鍵なんてなくても、部屋には入れるの。フェルナンド様が楽しみにしているっていうから、破いてやれば仲違《なかたが》いしてくれると思ったのに……そこのお人好しも全然使えなかったわ。何？　私に謝ってほしいとでも言うつもり？」

さらりと自分の悪行を認め、なおも反省の様子がないビアンカ。

だが、歯を食い縛《くしば》っているその顔は青ざめ、余裕がない。

どこか意地になっているような彼女に、イリスは哀れみを覚えた。

ビアンカに対して自分が感じた気持ち——黒くてもやもやした、胸を苦しめる感情は自分の中にもある。

今、彼女はあのもやもやに苦しめられているのだろう。

だからといって彼女がしたことは許せない。

イリスは彼女の気持ちを受け入れる代わりに、拒否することを選んだ。

「いいえ。謝罪は必要ありません。謝っていただいても、許せません。貴女は私のフェルナンド様への気持ちを踏みにじりました。フェルナンド様にも、お兄様にも、騎士団の皆様にもご迷惑をおかけして、反省の気持ちもないみたいです。私も貴女のことは嫌いです！」

「……そう。そこだけは気が合うのね。でも、こんな薄情で最低な男、王子とはいえ、こちらから願い下げだわ。こんな人に夢中だったなんてバカみたい」

そう言うと、ビアンカは一つにまとめた長い髪を翻《ひるがえ》し、部屋を出ていった。

自分に言い聞かせているみたいなその言葉は嘘に違いない。イリスは複雑な気持ちでその後ろ姿を見つめた。

「待て、ビアンカ！　おい！　そんなのダメだ。きちんと謝るのが筋だろう！」

「お兄様。いいのです！　今後、ビアンカさんはフェルナンド様に近づけないでしょうし、私とビアンカさんは、これからも仲良くしません。だから、仲直りは必要ありません！」

彼女を追いかけようとするセシリオを呼びとめ、イリスは鼻を膨らませた。

真面目一辺倒の兄にとって、彼女の態度は到底許せるものではないだろう。

しかしビアンカは、フェルナンドの気持ちが自分にないことを目の当《ま》たりにして、すべてを悟ったはずだ。

自分の信じていたものが一瞬で崩れてしまった彼女には、気持ちを整理する時間が必要だろう。

「イリス、だが……」

「セシリオ、イリスがいいって言っているんだから、いいよ。もう彼女が僕たちに近づくことはないだろうしね。それより、このまま続きをしてもいいかな？」

イリスを抱きしめていたフェルナンドには、彼女の気持ちがわかったのかもしれない。穏やかに言って、イリスを抱く手に力を込めた。

「ダメに決まっています！　貴方、昨日の執務、なんだかんだとサボりましたよね？　今日は遅れを取り戻すまでイリスのもとには帰しません」

セシリオは目くじらを立てて、フェルナンドをイリスから引きはがす。

途端、フェルナンドは不満げな顔になった。それを見て、イリスは思わず笑ってしまう。

「フェルナンド様、お仕事、頑張ってくださいね」

「う～ん、イリスに言われたら仕方ないよね。すぐに戻ってくるから、待っていて」

王子はイリスにちょこっと舌を出し、片目を瞑《つむ》って見せる。彼女はそんな彼に手を振って、「待っています」と約束するのだった。

その日の夜。

いつもより遅く帰ってきたフェルナンドを迎え、イリスは改めて彼と向かい合った。シャワーを済ませ、ベッドで軽くじゃれ合うようにキスをした後、二人は額《ひたい》をくっつけて視線を合わせる。

「フェルナンド様。国王になりたくないというのは、貴方の本当のお気持ちですか？」

「……わからない。自信を持って『国王になりたい』とは、まだ言えないんだ」

フェルナンドの瞳がほんの少し揺れる。でも、それは嘘をついているからではなく、迷っているみたいな色に見えた。

周囲の人の期待を裏切ることに罪悪感を覚えているようなその表情に、イリスは頷く。

「わかりました。では、パトリス様にそのようにお話ししましょう」

「え？」

彼女の言葉が意外だったのか、フェルナンドが目を見開いた。

今まで彼が「龍に戻り国王になる」ことに一生懸命だったイリスが、急に意見を変えたのだ。驚くのも無理はない。

「ただ、一つだけ聞かせてくださいませんか？　国王になりたくない理由があるのなら、それを知りたいのです」

そうイリスが言うと、フェルナンドは天井を仰《あお》いだ後、再び彼女の目をしっかり見据えた。

「……よく、わからなくなってしまったんだ。会ったこともない国民たちを守るという自分の役目が……彼らは僕の本質をまったく知らないし、僕も彼らを知らない。そんな人たちのために働く。

なんだか変な感じだ。けれど――」

フェルナンドが背筋を伸ばし、姿勢を正す。

「僕、国王になるよ」

「え？」

いきなり今までと正反対のことを宣言した王子に、今度はイリスが目を白黒させる。

しかも、なんだか口ぶりが軽い。

フェルナンドらしいといえばそうなのだけれど、「国王になるか、ならないか」という重大事を話すには、ちょっと――いや、かなり不安を覚える。

「もちろん、今すぐじゃないよ。父上に課された条件は達成しなければいけない。でも、僕はイリスを守りたいから」

「私、を？」

「そう。僕の今までの行いが良くないものだというのは、自覚してる。わかっていると言いながら、行動に移せない自分の子供っぽさや我儘《わがまま》、そういうものも……悔しいけど、認める。でも、何より、そのせいでイリスを守れなかったっていうことが、一番こたえた」

感情が先立ってうまく立ち回れなかった自分を反省し、余裕のある大人になりたいと口にするフェルナンド。

自分の気持ちを真剣に語る王子に、イリスはこみ上げてくる愛《いと》しさを感じていた。

「国王としてイリスを守りたい。今は、それで許してほしい……国民たちのことは、正直まだよくわかっていないんだ。……でも、僕が公務にしっかり取り組むようになったのは、君と出会ったことがきっかけだ。イリスが語る立派な王子になりたかった。あれからまだ一年ちょっと。公務もますます増えていくだろうし、もっとたくさんの人と会うことにもなる。そうしたら、もう少し明確に『国を治める』という意味がわかる気がするんだ」

わからないと言いながら、イリスから見ればフェルナンドは十分理解しているように思えた。ただ、根が真面目な彼はそれを確かなものとして実感したいのかもしれない。

とにかく今は、イリスを守ることで、これからも王子として国王を目指していくと言ってくれたことが、とても嬉しい。

イリスは満面の笑みで、何度も頷いた。

「私にも、お手伝いできることはありますか？」

「そばにいてほしい。それが一番。それから……もし、僕がまた『国王になりたくない』って我儘《わがまま》を言ったら、叱ってほしい」

最後はちょっと恥ずかしそうにフェルナンドが視線を逸《そ》らす。今までの自分とまったく違うことを言うのに抵抗があったのかもしれない。

その葛藤《かっとう》は、フェルナンドの成長の証《あかし》のように思えた。

「そして、やっぱり……龍王に会う方法を一緒に探そう。龍王に会いたいって僕も強く願うよ」

しきりに髪を弄《いじ》りつつ言う王子に、イリスは思わず笑う。

「はい、もちろんです！　私も会いたいと願います。二人分の願いなら、龍王様は聞き届けてくださるかもしれません！」

ああ、やっぱり守ってあげたい。

フェルナンドが自分を守りたいと思ってくれるように、不器用な彼を支え、そばで国王としての試練を乗り越えていく姿を見たい。

イリスは溢れる気持ちを抑えきれず、膝立ちになって思いきり彼に抱きついた。

フェルナンドは不意打ちに体勢を崩し、ベッドに倒れ込んだ。

それと同時に、パチパチッと火花が散るような音がして、部屋の空気が変わる。

『はぁ……まぁ、身内贔屓《みうちびいき》におまけを上乗せして、イリスの健気《けなげ》さにも絆《ほだ》されてやろう』

聞こえてきたのは呆れたような声だ。どこかで聞いたことがある気もする。

（誰……だったかしら？）

低く響く声はどこから聞こえるものなのか、イリスには感じることができず、彼女はきょろきょろと部屋を見回した。

だが、声の主の姿はどこにも見えない。フェルナンドに目を向けると、少し苦々しい顔で上半身を起こしている。

「龍王……」

彼が呟《つぶや》くように言った。

「龍王様⁉」

イリスはハッとしてベッドの上で姿勢を正す。

どこにいるかがわからないので、どちらを向くべきか、あたふたしてしまう。するとフェルナンドが彼女の肩をそっと叩き、視線で天井をさした。

「姿は見えないんだ。なんていうか……頭に直接語りかけられているみたいな感じかな」

「そう、なんですか。あの、それで、おまけしてくださるって……」

イリスがやや前のめりに言うと、龍王の苦笑が聞こえた。

『ああ、君がいれば、これは大丈夫そうだ。ただし、蛇の魔法は解かない。フェルナンドが半人前なのは変わらないみたいなのでな。だが、龍にも戻れるようにしてやろう。覚悟がしっかり決まったら、パトリスにその姿を見せてやればいい』

それを聞いて、フェルナンドは呆れたようにため息をつく。

「そんなに甘くていいの？」

『まぁ、よくはないが、以前のお前に比べたら天と地ほどの差だ。愛する人を守りたいという気持ちを持つことができたのは、大きな進歩。イリスはお前の道標《みちしるべ》なのだから、絶対に離すんじゃないぞ』

「言われなくても」

フェルナンドがムッと眉間に皺《しわ》を寄せると、再び龍王の苦笑が聞こえ、王子の身体が眩《まぶ》しいほどに輝いた。

『イリス、フェルナンドが迷惑をかけたな。悪かった……これからもよろしく頼む』

「あ……！　夢の……」

ようやく龍王の声が、いつか見た夢の中でおぼろげに聞いた声と重なる。イリスは思わず声を上げたが、眩《まぶ》しくて目が開けられない。

やはり姿を見ることは叶わないようだ。

『二人共、仲良くな』

そう龍王の声が響いた後、目を開けていられないほどの光は収まっていた。イリスはすぐに瞼《まぶた》を上げる。

「フェルナンド様……？」

見た目は何も変わっていない。人間の姿なのだから当然だろうが、これでは魔法が解けたのかどうか判別がつかず、イリスは首を傾げた。

龍王様との交流はほんのわずかな時間で、夢のようにも思える。以前は本当に夢だったから、なおさらだ。

なんだかあっさりしすぎているし、問題が解決した気がしない。

不思議そうな婚約者の様子を見たフェルナンドは苦笑しつつも、そっと距離を取り、姿を変えた。

「わっ……！」

蛇さんとは比べ物にならないほど大きな身体が目の前に現われる。

深い緑色の鱗《うろこ》は艶《つや》があり、濡れて輝いているみたいだ。金色の目にひげ、角——そんな神々《こうごう》しい龍は、身体を丸めてイリスに巻きついた。

「フェルナンド、様？」

おそるおそる、彼の角に手を伸ばす。そっと握ってから根元まで撫《な》で、彼の大きな額《ひたい》に手を置いてみた。

そこの鱗《うろこ》も撫《な》でてみると、龍のフェルナンドがぐるると低く喉を鳴らす。そして、尻尾を軽く揺らしたところ――

ガンッと鈍い音がして、続いてバリバリと何かが擦《こす》れる音が続く。イリスは驚いて音がしたほうへ顔を向けた。

見ると、フェルナンドの寝室の壁に飾ってあった絵画が落ちている。壊れた重そうな額縁から中の絵が少し出て無残な姿だ。

さらに絵の飾ってあった部分の壁紙がボロボロに破けて土埃《つちぼこり》まで立っている。

どうやら、龍の尻尾が擦《こす》れてしまったようだ。

「フェ、フェルナンド様！　う、動いてはダメです！」

このままでは寝室がめちゃくちゃになってしまう。

慌てるイリスを見て、龍は目を細め、彼女に大きな顔を近づけた。

しかし、唇に肌が触れる寸前に、ボフッと音がしてベッドが弾む。

「はぁ。この部屋、龍には狭すぎるんだ。いや、龍の図体が大きすぎると言うほうが正しいかな。龍の姿で身動きが取れる場所なんて、屋外にもそうそうないよ」

フェルナンドは首を捻《ねじ》りつつ、そんな不満を漏らした。

「それに……口も大きすぎてイリスを本当に食べちゃいそうだったでしょ？　やっぱり、蛇さんのほうがいろいろできるし、便利だよねぇ」

「な、何を言って――！」

「食べる」の意味も、「いろいろ」の意味も、イリスはわかるようになっている。

「何って、蛇さんだったら、イリスの中にも入れるし……」

「フェルナンド様っ！」

うろたえる彼女を、悪戯《いたずら》っ子のような目で見つめ、フェルナンドはクスクス笑った。

イリスはうぅっと唸《うな》り、恨めしそうな視線を返す。

「いつもフェルナンド様ばかり余裕でずるいです」

「でも、僕とは仲直りするでしょ？」

「し、します、けど……」

このままではいつもと変わらない。フェルナンドがイリスを丸め込んで、翻弄《ほんろう》して……うやむやになるのは嫌だ。

そう考えて、イリスは気づく。

この喧嘩は、フェルナンドがルッツに嫉妬《しっと》したせいで起きたようなものだ。

けれど、イリスだって、同じ気持ちだったことを知ってもらいたい。

「嫌です！　仲直りする前に、私も怒ります！」

「え？　怒るって、ちょ――!?」

ドンッと思いきり彼の胸板を両手で押すと、彼女の行動を予想していなかったフェルナンドはまたもやベッドに倒れ込んだ。

それを追いかけて、イリスは彼の大きな身体に覆《おお》いかぶさる。

「フェルナンド様、ビアンカさんとも……こういう、ことを、したんですか……？」

「イリス？」

怒ると言ったのに、なぜか涙が溢れてきてしまう。

フェルナンドがビアンカや他の女の人にも優しくしていたのかと思うと、とても苦しい。

皆が彼の色っぽい表情を知っているかと思うと、どうしようもなく悔しかった。

ビアンカがフェルナンドと親しいと言っていたときに感じた嫌な気持ち――今は、それが嫉妬《しっと》なのだとわかる。

「いや、それは……その、した……けど、イリスとは全然違――」

「ダメです。フェルナンド様は、私だけの王子様なんですから！」

「イ、イリスッ」

フェルナンドの首筋にちゅっと吸いつき、顔を上げる。

自分では強く吸ったつもりだったのだが、赤い印は浮かんでこない。

イリスはムッとさらに顔を顰《しか》め、彼の寝衣のボタンを外し、うっすら筋肉のついた上半身を露《あら》わにした。

着痩《きや》せするのか、細い印象のフェルナンドだが、脱ぐとやはり女の自分とは違う男性らしい身体つきをしている。

ドキドキしつつ、胸板に手を這《は》わせ、イリスは温かな彼の肌にキスを落とした。

「――っ、イ、イリ、ッ、わっ、ちょ！」

あまりにも大胆な行動に、フェルナンドが慌てているのが嬉しい。

イリスは内心してやったりと思いつつ、彼の少し硬い肌を啄《ついば》んだ。

この逞《たくま》しい胸板は、イリスのもの……今までの人が触れた感触を、すべて消してしまいたい。全部、イリスで満たしたい。

ちゅっ、ちゅっと音を立てて口付け、ぺろりと舌を出して舐《な》める。そして強く吸いついた。フェルナンドがいつも自分にするように……

彼がイリスに触れるときのことを思い出しながら動くと、自分が彼に触れられているような錯覚に陥《おちい》り、じわじわと下腹部が熱くなった。

イリスは彼の肩や鎖骨から、広い胸板へと唇を移動させる。

しかし、一生懸命強く吸うのに、なかなか印がつかない。

「……うまく、できません」

「うまく？　な、何が？」

イリスが半ベソでフェルナンドに訴えると、彼はごくりと喉を鳴らしつつ、その顔に期待するような不安なような表情を浮かべた。

「フェルナンド様がいつもつける赤い印です。私には、たくさんつくのに……」

「あ……キスマークのこと？」

「キスマーク、と言うのですか？」

「うん。これでしょ？」

ホッとした様子で息を吐き出したフェルナンドが、イリスの寝衣をはだけさせ、昨日彼自身がつけた赤い花びらを指し示す。

「僕につけたいの？」

「はい。フェルナンド様が私に昨日たくさんつけたのは、ルッツさんにヤキモチを焼いたからですよね？　だから……」

「……ヤキモチ、焼いてるの？」

「ダメですか？」

フェルナンドが驚いたように息を呑むので、イリスは自分が何か間違ったことをしているのかと不安になった。

しかし、彼はすぐに「ううん」と言って、肘をついて身体を起こす。そして、イリスの唇を軽く食《は》んだ。

「嬉しい。ね、強く吸うのが難しかったら、思いきり噛んでごらん」

「噛んだら痛いですよ」

「でも、イリスも昨日これ、痛かったでしょ？」

だからいいんだとフェルナンドは目を細めて笑う。

「痛くてもいいよ。君がくれる印なら、なんでも嬉しい」

「よ、喜んだらダメです！　私は怒っているんです」

「ふふ……ごめん。じゃあ、どこにする？」

謝りつつも笑顔のフェルナンドに少々不満はあるが、両手を広げ、イリスのヤキモチを待っている彼に、彼女は「ここがいいです」と肩口を指差した。

「いいよ。じゃあ、はい。どうぞ」

フェルナンドは右肩を差し出し、トントンとそこを自分の指で叩く。

なんだか、また丸め込まれている気がするが、経験の差は埋められない。

イリスはせめてもの仕返しに、思いきりそこにかぶりついた。

くっきりと歯形のついた彼の肩を見て、ちょっと優越感のようなものが湧き上がる。

「う～ん、全然痛くなかったし、これじゃあすぐに消えちゃいそうだよ？」

「い、いいです！　毎日つけます！」

「僕、毎日噛まれるの？」

「キ、キスマークも練習します」

フェルナンドがおかしそうにするので、イリスはぷいっと横を向く。

「いいよ。じゃあ、お手本を見せてあげる」

「あ――」

そのまま器用に身体を入れ替えられて、ベッドに押し倒された。

唇を重ねながら寝衣をはぎ取られ、乳房をゆったりと揉まれる。期待で尖った先端をつままれると、身体が自然と跳ねた。

「んっ、は……」

意識は口腔《こうこう》を蹂躙《じゅうりん》する彼の舌にあるのに、身体が彼の指先の動きを敏感に感じ取り、反応する。触れられたところから熱がじわりと広がって、肌全体が火照《ほて》り薄く色づいていった。

大胆に食《は》まれた唇から、零《こぼ》れ落ちる唾液を追いかけて、フェルナンドの舌が顎《あご》、首筋へと伝う。

「たくさんつけてあげるね」

耳元で吐息たっぷりに囁《ささや》く声に、ぞくりと背筋を期待が走った。

フェルナンドは首筋から胸元まで何度かちゅっ、ちゅっと音を立てて啄《ついば》む。

それから柔らかな胸の膨らみにも赤い花を散らし、さらにはお腹へ唇を移動させた。

その中心の窪《くぼ》みをチロチロと舐《な》めつつ、乳房に手を伸ばし、今度は強めに揉む。

硬く主張する頂《いただき》を指先で弾《はじ》いたり、つまんだり。緩急をつけた愛撫に、イリスは身体をしならせて悶《もだ》えた。

「あっ、や、ああ……」

お腹にチリチリとした刺激が走り、あの赤いマークをつけられているのだとわかる。

フェルナンドは宣言通り、たくさん印を残すつもりらしい。

落とされる口付けと肌を伝っていく彼の熱い吐息――それがだんだんと秘所に近づいていくことに、イリスは期待を隠せなかった。

彼女はもう、彼が与えてくれる悦《よろこ》びを知ってしまっているから。

「フェルナンド、様……」

「ん……足、開いてごらん」

フェルナンドと視線が絡まり、イリスは素直に両足を開く。彼の色気に当てられ、羞恥《しゅうち》などどうでもよくなってしまった。

「可愛い。いい子だね、イリス。ここにもキスマーク、つけるよ？」

「あっ！　ん、はぁ……あ、あっ」

膝裏に手を添えて、フェルナンドがイリスの膝をさらに押し開く。

すでにたっぷり潤《うるお》った秘所は、これから与えられる快感を貪欲《どんよく》に求めていやらしくヒクついた。

だが、フェルナンドはクスッと笑っただけで、その場所には触れてくれない。代わりに、足の付け根や内腿《うちもも》を啄《ついば》み、上半身と同じ花を散らしていく。

ぬるりと足の付け根を這《は》う舌。潤《うる》んだ蜜口には気づいているはずなのに、その周りの柔肌ばかりを舐《な》めて焦《じ》らす。

「濡れてるね」

クスッと笑った彼の息が、その場所に吹きかかり、イリスは腰をくねらせた。

「ああ……や、フェルナンド様……！」

それがもどかしくて、思わずねだるような声で彼を呼んでしまう。

「舐《な》めてほしい？」

優しい問いに、イリスは涙を流しながら頷いた。

「いいよ……ああ、流れ出しそうなくらい潤《うる》んでる。ここも真っ赤に膨れてるね」

ほしい……フェルナンドが与えてくれるものならば、すべて。

グッと秘所に顔を近づけられる。

恥ずかしいけれど、フェルナンドの言葉に煽《あお》られたイリスは、その場所をさらけ出すように自《みず》ら腰を浮かせた。

その間、フェルナンドはじっとイリスの花園を観察していたが、やがてゆっくりと舌先で花びらをなぞり始める。

「ふっ、あぁ……あっ、あぁん」

そこをぺろりと舐《な》め、啄《ついば》むように唇で挟んだ後、指でそれを押し開き、泉の入り口へ舌を差し込む。

熱い舌が浅いところを舐《な》めると、ちゅぷちゅぷと音がして、奥から溢れるイリスの蜜とフェルナンドの唾液が絡んだ。

彼の唇が、動くたびに花芯を掠《かす》めて、ピリッとした快感が背筋を駆け上る。

「あぁ、ん……んぅ、あっ」

無防備な場所をさらけ出し舐《ねぶ》られるという淫らな行為に、イリスは涙を流して喘《あえ》いだ。

フェルナンドは、奥からとめどなく溢れる愛液を一滴も零《こぼ》さないといわんばかりに夢中で秘所を舐《な》めまわしている。

彼の唇と花びらを押し開く手は、溢れ続ける蜜にまみれた。

「あっ、フェルナンド様……」

「ん……？」

自分の足の間に顔を埋めた彼が、イリスのねだるような声に視線を少し上げる。

情欲で揺れる金色の瞳に射すくめられ、彼女はぞくりとした快感に襲われた。同時に、豊満な膨らみがふるりと揺れ、誘われたようにフェルナンドがそこへ手を伸ばす。

蜜に塗れた指先が、ねっとりと肌に絡みつく。

自分の身体の奥から溢れた蜜を塗り込まれるような愛撫に、イリスの羞恥心《しゅうちしん》に火がついた。フェルナンドが口をつけている場所がひくひくと蠢《うごめ》く。

「もっとほしい？　指、入れようか」

そんなイリスの反応を見て、フェルナンドがもう片方の手で秘裂をなぞる。

指先が、蜜をすくうように下から上へそろりと移動し、散々舌に転がされて真っ赤に膨らんだ花芯をツンと突《つつ》いた。

「あぁあっ、ひゃう、んあぁ」

イリスが一際高い嬌声《きょうせい》を上げた直後、濡れそぼった中へ長い指が侵入してくる。

圧迫感はあるが、巧《たく》みにイリスの弱い部分を擦《こす》るので、違和感はすぐに快感へ変わった。

最初は一本がゆったりと熱い泉の中を行き来し、やがて二本、三本と増やされる。さらに関節を曲げて奥の壁を押したり、バラバラに動かしたりと違った刺激が加わる。

フェルナンドは煽《あお》ろうとしているのかわざと淫らな音を立てて、大胆にイリスの中をかき回した。

さらに入り口の花芯には強く吸いつく。

熱い口内にそれを収め、舌の窪《くぼ》みにはめこむように嬲《なぶ》ったり、舌先でちろちろと舐《な》めたりした。

「あっ、あ、あぁ……ッ」

強い快感が身体の奥を燃やしているかのようだ。

泉の奥からどんどん新たな蜜が溢れ、フェルナンドの唇や手、シーツまでをも濡らしていった。

イリスは身体をしならせて嬌声《きょうせい》を上げることしかできず、悦楽の高い波に押し流される。

「ああ、も……ダメ、で……んん——ッ」

絶頂を意識した瞬間、イリスはすぐに達してしまった。

爪先《つまさき》をグッと丸め、身体をこわばらせながら、足りなくなった空気を取り込もうと大きく胸を上下させる。

一方、フェルナンドは自分の指に絡みつく彼女の中を楽しむかのごとく、なおもゆったりと指を動かし、蠢《うごめ》く彼女の中を堪能《たんのう》している。

それからゆっくり指を引き抜くと、イリスに覆《おお》いかぶさり、キスを求めてきた。

「イリス」

「んっ」

イリスはぼんやりとした意識の中でも、フェルナンドに応えようと一生懸命舌を差し出した。

そのいじらしい姿に、彼はさらに興奮したようで、熱くなった昂《たかぶ》りを彼女の下腹部に押しつける。

「ねぇ、イリス。触ってみる？」

そう言って、フェルナンドは寝衣のズボンを素早くくつろげた。

「あ――」

あまりにも大きな熱量。

ぐりぐりと押しつけられるそれに困惑気味のイリスの手を、フェルナンドが導き、そこへ触れさせる。

「や、う……あ……」

初めて触れた彼のものは熱く、想像以上に太くて硬い。

こんなものが、いつも自分の中に――思わずイリスは、好奇心から視線をそちらへ移してしまった。

「あ……お、大き……」

ごくりと唾を呑み込んだのと同時に手に力が入ってしまう。手の中のオスはビクンと跳ねて、さらに膨らんだ気がした。

「ん……大胆だね、イリス」

「あっ、ご、ごめんなさい。痛かったですよね？」

フェルナンドが苦しそうに呻《うめ》いたので、イリスは慌てて手を離そうとした。しかし、彼はイリスの手を掴《つか》み、それを阻《はば》む。

「痛くない。気持ちいいから、もっと触ってほしい」

吐息たっぷりにねだられて、イリスの心臓が早鐘を打ち始める。こんなにも色気を振りまくフェルナンドは初めてだ。

いつも意地悪を言う彼の余裕がなさそうな様子に、胸が疼《うず》く。

触れたい。いつもたくさん触れてくれる彼に、自分も。

「は、はい……」

イリスが承諾すると、フェルナンドは身体を起こし、彼女の身体も起こしてくれた。

衣服を脱ぎ捨て、ベッドに足を投げ出して座り、イリスの手を引いて自身の反り返った昂《たかぶ》りに触れるよう促《うなが》す。

イリスはその根元に手を添えたが、視線は男性器に釘づけだ。

今までまじまじと見たことなどなかったそれは、赤黒く大きく勃《た》ち上がっていて、凶暴だと感じた。

しかし、その先端が濡れて光っているのがわかると、安心する気持ちが湧く。

このぬめりが自分の秘所が濡れてしまうのと同じならば、フェルナンドは気持ちよくなっているということだ。それがなんだか嬉しい。

現に、手で包み込んだだけでもフェルナンドは気持ちよかったと言ってくれたのだ。

これを、彼がしてくれるみたいに愛撫したら……

「イリス。あんまり見られると、恥ずかしい……」

「あっ、ご、ごめんなさい。あの、その……初めて、ちゃんと見るので、その……」

見惚《みほ》れてしまった、というのは変かもしれない。

初めてのものに対する恐怖と好奇心が入り混じった気持ちは、言葉にするのが難しい。

イリスがもごもごと言い訳をすると、フェルナンドはカッと目元を赤らめて、口元を手で覆《おお》いつつ目を泳がせた。

「フェルナンド様？」

「いや、何でも……」

彼の新鮮な反応に、イリスは目を瞬《またた》かせる。

もしかして、恥ずかしがっている……？

王子の様子が愛《いと》おしい。

それに、何か優越感にも似た気持ちを覚える。

イリスは根元に添えた手にそっと力を入れて、昂《たかぶ》りを包み込んでいるほうの手を上下に動かし始めた。

「……っ、は……」

フェルナンドの腰が、ピクリと跳ねる。同時にイリスの手の中で彼の熱塊《ねっかい》も震えた気がした。

昂《たかぶ》りの形や感触を確かめるように手を動かし続ける。

何度も繰り返していると、先端には窪《くぼ》みがあり真っ直ぐではないことがわかった。

濡れている先端に興味を惹かれ、イリスは無意識に顔を近づける。

自分の泉から溢れる蜜は、フェルナンドが舐《な》めている。それなら、自分も……

「イ、リス……っく、はぅ……」

あまりにも自然にその行為に移ったイリスに、フェルナンドがびっくりしているのがわかった。

だが、イリスを止める余裕はないのか、シーツを握り締めて眉根を寄せている。

それを上目遣いに見つめ、イリスは陰茎の先端に舌を這《は》わせた。

一番に感じたのは苦いようななんとも言えない味で、つい目が潤《うる》んだ。

それでも一生懸命奉仕を続けたのは、恍惚《こうこつ》とした表情のフェルナンドが気持ちよさそうに腰を震わせているから。

イリスは先端から窪《くぼ》みまでをじっくり舐《な》めながら、彼の舌先の愛撫を思い出す。

ちろちろと小刻みに動き、ねっとりと舌全体で舐《な》めたり、吸いついたりしていたはず……

彼が先ほどまで自分にしてくれていた愛撫を頭に描きながら、それを追うように舌を動かした。

さらにちゅうっと先端を咥《くわ》えて吸うと、フェルナンドが息を詰めて天井を仰《あお》ぐ。

下腹部に力が入って、肩を上下させているのは、感じてくれたということだろうか。

彼の様子を窺《うかが》うように、イリスは唇を離し、やや身体を起こす。すると、少し落ち着いたらしいフェルナンドが彼女へ視線を戻した。

「イリス……」

フェルナンドはイリスの頬に手を伸ばす。彼女の口元を親指で撫《な》で、労《いた》わるような優しい視線を投げかけてきた。

「こんなに気持ちいいの、初めてだよ」

イリスは彼の「初めて」という言葉に、泣きそうになる。

たくさんの女性と交流してきたという彼のことだ。イリスの愛撫は拙《つたな》かっただろうに、気持ちよかったと言ってもらえたことが嬉しい。

「もっと、していいですか？」

「してほしいけど、今は早く繋がりたいな」

そう言いつつ、フェルナンドは彼女の身体を押し倒し、足の間に腰を割り込ませた。

濡れそぼった秘所に擦《こす》りつけられる昂《たかぶ》りは、イリスの唾液で濡れていて、くちゅくちゅといやらしい音を立てる。

「もう挿れたい。いい？」

「あ……は、やく……」

「イリス、君って、本当……」

焦《じ》らされたのが歯痒《はがゆ》くて、腰が浮いてしまうイリスの頬をそっと撫《な》で、フェルナンドは困り顔だ。

しかし、すぐに彼女の秘所に昂《たかぶ》りを宛《あて》がって「可愛い」と言いつつ、腰を進めた。

「あ、ああ……」

待ち望んだものが、ようやく自分の中に入ってくる。

イリスはフェルナンドの首にしがみついて、喘《あえ》いだ。彼女の中は、奥へ熱塊《ねっかい》を導くように蠢《うごめ》いて、締めつける。

「ん……イリス、そんなにしたら、もたないよ」

「あ、わ、わからな……」

自分はどんなふうにしているのだろうか。

意識的にコントロールできる余裕などない彼女には、わからない。

隙間もないくらいぴたりと二人の身体がくっつくと、フェルナンドが大きく息を吐き出した。

「……気持ちいい……」

うっとりと呟《つぶや》き、イリスの額《ひたい》や頬に優しくキスを落とす。

繋がっている時間を大切にしたいという気持ちが伝わってきて、イリスも彼の背に回した手に力を込める。

触れているところからイリスに移った彼の体温が心地良くて、イリスもため息をついた。

幸せというのは、こういう瞬間のことを言うのだろうか。

「イリス……好き。ずっと、こうしていたい」

「フェルナンド様……」

フェルナンドがイリスの耳元で囁《ささや》き、柔らかな耳朶《じだ》を食《は》む。

「あ……」

くちゅりと卑猥《ひわい》な音がダイレクトに聞こえて、イリスの腰が跳ねる。すると、彼女の中が収縮し、フェルナンドがかすかに呻《うめ》いた。

思わずといった様子で彼の腰が動いたため、イリスの腰もそれに合わせてくねる。

「は……いやらし……」

フェルナンドは苦しそうに、しかし、嬉しそうに呟《つぶや》いて、彼女を抱いたまま身体を起こした。

「あぁぁっ！」

体勢が逆転して、フェルナンドの上にイリスが乗る形になると、彼のものがさらに奥深くまで届く。イリスはあまりの衝撃に涙を零《こぼ》した。

彼女の頬に流れるそれを舐《な》めとり、フェルナンドがイリスの髪を優しく梳《す》く。

それが気持ちよくて彼女は彼に寄りかかるように抱きつき、呼吸を整えた。

しばらくして、イリスが落ち着いてくると、フェルナンドは中に入れたまま彼女の細い腰を掴《つか》んで軽く持ち上げる。

「今日はイリスが動いてごらん」

「え……あ、あの、ど、どうしたら……？」

突然のことで、イリスはびっくりして問い返す。自分で……というのは、どういうふうにやればいいのかわからない。

いつもフェルナンドがしてくれることを思い出してみるものの、イリスは彼に翻弄《ほんろう》されっぱなしで、具体的なことは覚えてなかった。

唯一浮かぶのは、色っぽい王子の表情ばかりだ。

「じゃあ、まずはこう……」

「あっ」

フェルナンドが彼女の腰を前後に促《うなが》す。

イリスは彼の首にしがみついて、なんとかそれに従った。

「あ、あっ、これ……ダメ……」

「ダメ？　でも、上手だよ。気持ちいい」

フェルナンドの昂《たかぶ》りの先端が奥をぐりぐりと刺激して、強い快感が駆け巡る。

それでも、身体が貪欲《どんよく》に悦楽を求め、だんだんと大胆にイリスの腰が動くようになった。フェルナンドはもう腰を支えているだけだ。

イリスは無意識に自分のいいところに彼のものが当たるように腰を前後させ、快感を求める。

「ああっ、んあ、あ！」

フェルナンドが揺れる豊満な乳房にかぶりつく。

尖った頂《いただき》に吸いつく様子はまるで赤子のようで、イリスはその姿を愛《いと》おしく思った。

けれど、その舌は赤子みたいに純真ではなく、いやらしく動き、巧《たく》みにイリスの快感を引き出す。

蕾《つぼみ》の周りをくるくる舐《な》め、硬く勃《た》ち上がった中心に優しく歯を立てて、両方の胸を交互にねっとりと愛撫する。

イリスは秘所を彼の下腹に擦《こす》りつけて、さらに悦楽を追い求めた。

繋がった場所から溢れる蜜は、フェルナンドの太腿《ふともも》まで濡らしている。

フェルナンドはイリスの臀部《でんぶ》のまろみを撫《な》でた。

「ね、イリス、腰上げられる？　こうやって……動ける？」

「あ、あっ、やぁ……はぁ、ああ――」

イリスが初めて自分主導の交わりに夢中になっていると、フェルナンドが彼女のお尻を掴《つか》み、その身体を上下に動かそうとする。

イリスは朦朧《もうろう》としながらも、彼に応えるべく、膝を立てて身体を上下させた。

「ん、上手……もう少し、頑張って……可愛い」

フェルナンドが上手だと言い、自分が動くことで呼吸を乱している姿に胸がときめく。

イリスは恥ずかしさなど忘れて腰を動かした。

彼が気持ちよくなってくれていることが何よりも嬉しい。

「フェルナンド、様……気持ち、いいですか？」

「うん。すごく、いい。イリスが可愛くて、離したくない。イリスも気持ちいい？」

「んっ、はい……あ、あっ、フェルナンド様」

気持ちいい。

フェルナンドに触れられて、彼と繋がって、これ以上ないほど感じている。でも、足りない。もっとほしい。

これでもかというほど快感を享受しているはずなのに、まだまだ膨れ上がる飢餓感《きがかん》は、さらに強い刺激を求めていた。

それを感じ取ったのか、フェルナンドがイリスの身体を強く抱きしめる。

「ん、も……いいよ。僕も、動いていい？」

すぐに再び体勢を変えて、押し倒す。

「あ……フェルナンド様……！　キて、くださ……あぁっ」

イリスが両手を広げて彼を抱きしめようとすると、フェルナンドは我慢できないといわんばかりにその手をシーツに縫いつけ、激しく腰を動かし始めた。

指を絡めてしっかりと手を繋ぐ。

お互いの呼吸を一番近くで感じながら、二人の交わりは情熱的で濃厚なものへ変わっていった……。

唇を重ね、身体をぴたりとくっつける。

フェルナンドが腰を前後させると、彼の胸板に胸の先端が擦《こす》れてさらなる快感を生む。

「ン、ふ……んんっ、ぁ、んぁ」

奥を何度も穿《うが》たれ、イリスはどんどん絶頂への階段を駆け上がった。

ぐちゅぐちゅと繋がった場所が泡立つくらいの激しい律動。

イリスはあまりの刺激に嬌声《きょうせい》を上げることしかできない。

「あぁ、は……ッ、ああ――」

「イリス、も……イきそ……」

「あっ、あ、ああっ」

フェルナンドも息が上がり、膨れ上がる快感をギリギリで耐えているようだ。

「あっ、もっと……」

それは、どちらの「もっと」だったのだろう。

もっと繋がっていたいという気持ちと、張り詰めた快感を解放するためにもっと刺激がほしいという気持ち。

二つの相反する感情の狭間で、イリスはフェルナンドにしがみついた。

「んっ、もっと、奥まで入れていい？」

「あ、あっ、は、フェルナンド様……ッ、んあっ、キ、て……ッ」

「イリス……ん、イくよ」

フェルナンドの腰の動きがさらに速まり、イリスは彼の腰に足を絡めた。

すべてを受け止めたい、離れたくない……ずっと、一緒に。そんな気持ちが溢れ出す。

「あぁ――っ」

「っ、く……」

イリスの気持ちに呼応するように、彼女の中がうねってフェルナンドの昂《たかぶ》りにまとわりつく。その卑猥《ひわい》な動きに促《うなが》され、フェルナンドの昂《たかぶ》りから精が放たれた。

イリスの足に一層力が入って、フェルナンドの腰を自分のほうへ引き寄せる。

身体の奥に広がる熱を感じ、イリスは震える息を吐き出した。

「イリス……」

「んっ、あ……」

呼吸が整わないでいるイリスの胸の先端をフェルナンドが食《は》んだ。

絶頂を迎えてさらに敏感になった彼女の身体は、大げさなほど彼の愛撫に反応し、ビクビクと跳ねる。

するといまの不規則な息遣いが胸の頂《いただき》を撫《な》でて、濡れた舌がそこに絡む。強く吸い上げられて離されると、ふるんと豊かな乳房が揺れた。

「や、待って、まだ……」

「まだ、君の中にいたい」

「え、あ――」

ぐいっと腰を押しつけられる。

放ったはずが、まだまだ硬くて熱いままの彼のものに、イリスは頬を染めた。

「ダ、ダメです……もう、できません」

「そんな可愛い顔して煽《あお》ったら、あと一回で終わらないよ？」

「あっ、う、嘘、ダメって――ああっ！」

こんな激しい行為を続けられたら、おかしくなってしまう。

しかし、首を横に振るイリスに、フェルナンドは「次は僕がするから大丈夫」と、腰をゆっくり前後させ始めた。

こうなっては、もう止められない。

「ああ、あ……フェルナンド様……」

「イリス。君は僕が守るから……ずっと、そばにいて」

「んっ、います……ずっと、そばで、支えさせてください。だから……んんっ」

だから今はダメ、という言葉はフェルナンドに呑み込まれてしまった。

王子の激しすぎる愛を、イリスは受け止めるしかない。

もっとも本心では、彼女に拒否する理由はなく、結局イリスは彼が与えてくれる幸せに身を投じるのだった。

＊＊＊

数週間後。

イリスはいつも通り、フェルナンドの帰りを寝室で待っていた。その手には、ようやく完成したフェルナンドのマフラーが握られている。

最近、王子の公務に付き添うことが増え、少々忙しい。

今日はイリスが同行できない外交会議だったので、久しぶりに一日中編み物をしてマフラーを仕上げたのだ。

結局、ビアンカは城内勤務から外され、イリスの護衛は他の女性騎士に代わった。世話係の侍女も、きちんと一人が専任するようになり、イリスは着実に王子の妃として認められつつある。

けれど、勉強しなければならないことは山積みだ。

結婚式はもう少し先にする――フェルナンドとイリスは二人でそう決めた。

お互いにまだ半人前。きちんと覚悟もないのに、結婚だけして王子、王子妃として注目されるのは良くないと判断したのだ。

元々、フェルナンドは自分の気持ちと離れたところで、周りに期待されることに疲れてしまっていた。

だから、自分と周囲の意識を近づけるためにも、もうしばらくは今のままがいい。

パトリスにもそう伝えたところ、彼は息子の今までとは違うしっかりした意見を認めてくれた。

一緒に頼んだイリスに感謝し、その存在に免じるのだとも言われ、フェルナンドは苦々しい表情をしたものだ。

その理由を、龍王に許されたときのことを思い出して情けなくなったのだと、後でこっそり教えてくれた。

パトリスにそう長く待てないと言われたせいではないだろうが、フェルナンドはますます目覚ましく成長している。

今度、国の教育機関を大幅に見直す改革に乗り出すらしい。視察を重ねて気になっていた、騎士団の人員不足解消や女児の就学率向上を目指すと言っていた。

イリスも、フェルナンドと出会えたから、自分のやるべきことを真剣に考えるようになったのだ。

だから、彼と共に成長したいと思う。

まだまだ足りないものはたくさんあるけれど……これからは一人ではなく二人で模索していけるのだ。

ジグリア王国の国民を統《す》べる人物としてふさわしい人間になれるように。

改めてそんなことを考えていると、やがて部屋の扉が開き、フェルナンドが入ってきた。

「イリス！　ただいま！」

「おかえりなさい。フェルナンド様、やっとマフラーが完成しました。見てください」

イリスはパッと笑顔になり、持っていたマフラーを彼に差し出す。

「本当？　嬉しいな……ね、巻いてくれる？」

身体を屈めた王子の首に、イリスはマフラーを巻きつける。

くるくると巻かれたマフラーに触れ、フェルナンドはとても嬉しそうだ。口元のそれを引き上げて、顔半分を隠すようにすると、大きく息を吸って恍惚《こうこつ》の表情になる。

「イリスの匂いだ」

「っ！　も、もう、恥ずかしいですから」

相変わらず彼女の匂いが好きらしいフェルナンド。

イリスは恥ずかしさもあって、彼の胸を叩いた。

「ふふ、ごめんね。でも、嬉しくて……ありがとう」

フェルナンドはぎゅうっとイリスを抱きしめて喜びを表す。イリスも同じようにすると、彼はくすぐったそうに笑った。

「こうしてイリスに抱きしめられているときが、一番幸せ……でも、僕のほうが身体が大きいから、ちょっと物足りない気もするんだ。あっ！　ねぇ、このマフラーに蛇さんの姿で包《くる》まれたら、それも解決するかも！」

「えっ？　わ――」

言うが早いか、フェルナンドはポンッと音を立てて蛇の姿になってしまう。

絨毯《じゅうたん》の上をにょろにょろと這《は》う彼は、落ちたマフラーのもとへ向かい、イリスに顔を向けた。

ちょいちょい、と顔でイリスを招き、マフラーをツンツンと突《つつ》くところを見ると、それを巻きつけてほしいということらしい。

イリスは彼に従って、マフラーを緩《ゆる》く蛇に巻きつけた。

「これでいいですか？」

首を傾げると、シュー―ッと蛇が音を出す。

とても満足そうなその姿に、イリスはふふっと笑ってマフラーごと蛇を持ち上げた。

「蛇さんが私の王子様だったなんて……思いもしませんでした」

すると、蛇はマフラーの間から首を出し、ちょこっと斜めに顔を傾ける。「嫌？」と聞いているような仕草に、イリスは「いいえ」と即答した。

「蛇さんも、フェルナンド様も、龍さんも……大好きです！」

そう言うと、蛇は満足そうに顔を上下させ、ぐっと身体を伸ばし、イリスの頬を口で突《つつ》いた。直後、ポンッと音を立てて再び人間の姿に戻ったフェルナンドがイリスを抱き上げる。

「僕も、イリスのことが大好き。僕のお姫様」

惜しみなく愛を囁《ささや》いてくれる王子に、イリスは自《みずか》ら唇を寄せた。

ずっと一緒にいます――その思いを込めて。

番外編

蛇さん、悪戯《いたずら》をする

話はイリスの社交界デビューの翌日までさかのぼる。

フェルナンドが目覚めたとき、イリスはまだすやすやと寝息を立てていた。

そのあどけない表情に目を細め、彼は彼女の頬にちゅっと口付ける。

ようやく自分の人間の姿を明かし、イリスを手に入れることができた充足感で、フェルナンドの頬は無意識に緩《ゆる》んだ。

今、瞼《まぶた》の下に隠れたエメラルドグリーンの瞳には、昨夜、フェルナンドだけが映っていた。

綺麗な鼻梁《びりょう》、滑《なめ》らかな頬、わずかに開いた無防備な唇……自分の腕の中で丸まって眠る彼女が可愛くて仕方ない。

(食べたいな)

昨夜満たしたはずの欲が、また渇きを覚え始める。

綺麗な線を描く鎖骨の下には、白く柔らかな膨らみが二つ。

ごくり、とフェルナンドの喉が鳴った。

横向きに寝ている彼女の豊満な胸はぎゅっとくっついて、魅惑的な谷間を作っている。蛇の姿でドレスの上から這《は》って確かめていた感触が、今は生で、目の前に。

ぞくぞくとせり上がってきた欲情のまま、フェルナンドは蛇へ姿を変えた。そして、ブランケットの中へ潜《もぐ》り込み、目的の場所へにょろにょろと這《は》っていく。

白くすべすべしたイリスのお腹の肌を伝って、乳房の下の膨らみが見えたところでその弾力を確かめるようにツンツンと口付けた。

それから二つの丸みの間へ頭を突っ込んだ。少々キツイ隙間を、腹筋を使ってぐぐっと進む。

(思っていたより、いいな)

すぽっと反対側から頭を出すと、フェルナンドはその心地良さにうっとりとため息を吐き出した。蛇の口からシューッと音が漏れる。

柔らかな弾力に挟まれる……これぞ蛇《おとこ》のロマン!

イリスが横向きに眠っているので、右の乳房の重さがずっしりと感じられる。やや息苦しい感じも否めないが、むしろそれが気持ちよくなってくるのだから不思議だ。

(僕って少し被虐嗜好《ひぎゃくしこう》の気《け》があるよね)

蛇になってしまった日、枕で潰されそうになったときも面白がってしまったし、あの事件のせいでフェルナンドの中で、苦しみが一種の快楽として認識されたように思う。

……それはともかく、イリスに包まれるのは格別だ。

温かくて、柔らかくて、きゅうきゅうと締めつけられて——昨夜、フェルナンドの蛇さんが彼女の中で包まれたときと同じ感覚を全身で感じている。

（はぁ……イリスの肌、すべすべしてる）

フェルナンドは尻尾を左右に振るようにして、彼女の肌を撫《な》でる。

膨らみの下をつぅっとなぞったり、身体を丸みにそって巻きつけたりして遊び、さらに尻尾の先で胸の頂《いただき》を突《つつ》いてみた。

するとイリスが「ん……」と身じろぎする。

（可愛い声）

フェルナンドはすりすりと尻尾をスライドさせ、頂《いただき》を擦《こす》る。その愛撫に反応してだんだんとぷっくり膨らんで尖ってきた先端を、集中的に突《つつ》いた。

「んあ……ン、フェルナンド、様……？」

寝ぼけた声が聞こえる。

フェルナンドからは見えないが、イリスは目を擦《こす》って隣にいるはずの彼を探しているようだ。

（僕はこっちだよ、イリス）

硬くなった先端に尻尾を巻きつけてキュッとつまむ。

「ひゃあっ！　ん、へ、蛇さん？」

イリスはその刺激に可愛らしい悲鳴を上げて、ガバッと上半身を起こした。しかし、すぐに胸元に張りつく蛇を見てホッとした表情になる。

（ふふ、まだ蛇さんのほうが安心するんだね）

人間の姿にも早く慣れてほしいものだ。

彼女が起き上がって、圧迫感がなくなってしまったので、フェルナンドはポンという軽い音と共に人間に戻った。

そして目の前にあった赤い果実に吸いつく。

「きゃっ！　んあ、やぁ……フェルナンド様、ダメ……」

「ん？　どうして？」

両手をベッドについたまま、ちゅぱちゅぱと音を立てて頂《いただき》を吸うフェルナンドの肩を、イリスが両手で掴《つか》む。

「ど、して……って、だって……あ、あの……」

上目遣いのフェルナンドと目が合うと、イリスは顔を真っ赤にしてうろたえる。彼女を見つめながらも胸への愛撫をやめない王子に、困惑しているみたいに見えた。

「昨日もしたよ？」

わざと見せつけるように舌を出し、蕾《つぼみ》を揺らす。彼女の豊かな丸みはその度に一緒にふるりと揺れ、いやらしい。

「んんっ、は……や、あ、恥ずかしい、ですから……」

「もっと恥ずかしいことしたでしょ？　ほら、ここにもまだ僕のが残ってる」

「あっ！」

するりと太腿《ふともも》から秘所へ手を滑らせると、イリスがビクンと反応する。

ぬち……とそのぬめりを指先ですくいつつ、フェルナンドは顔を下に向けた。

「あっ、ダメ……！」

イリスは抵抗を見せるが、フェルナンドの身体はすでに彼女の足の間にある。間もなく見えてきた花園の奥からは、昨夜彼が注いだ白濁が彼女の蜜と絡まって入り口を濡らしていた。

フェルナンドはそのいやらしくも美しい光景にごくりと唾を呑む。

「僕のは昨日のだけど、イリスの蜜は、今の……？」

昨夜の名残《なごり》もあるだろうが、彼女の濡れ方は先ほどの胸への愛撫で溢れ始めたものが混じっている。

フェルナンドはつぷりと指を中へ沈め、割れ目の上にある芽をぺろりと舐《な》めた。

「んあっ、ふぅ」

途端に、イリスの下半身に力が入り、足が震え始める。

それを慰《なぐさ》めるみたいに、フェルナンドは左手で彼女の太腿《ふともも》を撫《な》でつつ、右手で彼女の泉の中を、唇で外を愛撫した。

「やっ、あ……ッ、くぅ」

イリスが腕を伸ばし、フェルナンドの頭をぐっと押さえつける。彼女は自分から彼の顔を引き離そうとしているつもりなのだろうけれど、フェルナンドからしたら逆だ。

甘い蜜の零《こぼ》れる場所を顔に押しつけられて、息苦しいほど……興奮と相まって、吐息が荒くなる。

フェルナンドが指を抜き差しするたびにくちゅくちゅという水音が大きくなって、イリスが感じてくれていることがわかった。

「ん……可愛いね、イリス」

ちゅうっと強めに花芯を吸った後、顔を上げて彼女を見ると、ヒクンと中が蠢《うごめ》いてフェルナンドの指が締めつけられた。その感触を楽しみつつ、ゆっくりと濡れた指を引き抜くと、それを追いかけて白濁が混じった蜜が零《こぼ》れる。

その光景に、ぞくりとした快感が背筋を伝い、フェルナンドは喉を鳴らした。

彼女が初めて受け止めた男――自分だけが知る彼女の中の感触がまざまざと思い出され、下半身に熱が集中する。

いやらしくヒクついて、知ったばかりの悦楽を求めているかのような彼女の美しい花園。綺麗な赤い花びらに縁取られた泉から匂い立つ香り。

無垢《むく》で可愛らしい彼女の艶《あで》やかで性的な部分を暴《あば》くのは自分だけだという気持ちが、フェルナンドを熱くする。

ゆっくり視線を上げると、イリスの頬はもう真っ赤だ。エメラルドグリーンの綺麗な瞳が潤《うる》んで熱っぽくフェルナンドを見つめている。

フェルナンドはわざと彼女に見せつけるように、蜜まみれの長い指に舌を這《は》わせつつ身体を起こした。それからイリスを抱き寄せ、耳元に唇を近づける。

「イリス……大好き」

早く、彼女もフェルナンドを愛せばいい。

こうしてずっと部屋に隠して、快楽に溺《おぼ》れさせたらどうなるだろう……。フェルナンドなしでは生きていけないようになってしまえばいいのに。

……なんて、本気でそんなことはできないけれど。

「まだ……ね。ふふ。でも、今は流されてね」

しとどに濡れた蜜口にはち切れんばかりに膨れた昂《たかぶ》りを宛《あて》がう。

「え？　ああ――っ！」

ひとり呟《つぶや》くフェルナンドの言葉の意味はわからなかっただろう。イリスが首を傾げたが、すぐに背を仰《の》け反《ぞ》らせて悲鳴のような喘《あえ》ぎ声を発した。

フェルナンドが彼女の細い腰を抱き寄せ、剛直を深くねじ込んだからだ。

「あっ、あ……」

その衝撃の余韻でイリスが身体を震わせるたび、フェルナンドの昂《たかぶ》りに柔らかくて熱い襞《ひだ》が絡みつく。

膝に乗る体勢で、覚えたばかりの悦楽に戸惑うイリスは、フェルナンドの背にぎゅっと手を回してしがみつき、広い胸板に頬をすり寄せた。

その吐息が肌を掠《かす》めるだけで、フェルナンドの下半身に甘い刺激が走る。

「痛い？　大丈夫？」

昨日初めて自分を受け入れたばかりなのだ。しとどに濡れてはいても、狭い蜜路のさらに奥へ埋め込まれたフェルナンドの昂《たかぶ》りは、まだ彼女の快感には繋がらないかもしれない。

「く、苦しい、です……フェルナンド様、な、なんだか、大きいものが、入って……」

荒く呼吸を繰り返しつつ、イリスが涙目でフェルナンドを見上げてくる。

彼女は自分の身に起きていることに戸惑っているようだ。イリスのその純真さを汚す自分に、フェルナンドはぞくぞくとしてしまう。

「うん……僕がいるの、わかる？」

「あっ」

ゆるりと腰を揺らすと、イリスは艶《つや》っぽい声を出し、不安定な姿勢を支えるためフェルナンドの背に回した手に力を込めた。

「イリスと僕、今繋がってるんだ。僕と気持ちよくなろうか」

「んっ、気持ち、よく……？」

「うん」

彼女の耳朶《じだ》を食《は》み、ふっくら張りのあるお尻の丸みを撫《な》でる。それがくすぐったかったのか、ふるりとイリスの腰が震え、中がぎゅっと締まった。

「は、そんなに締めたら……」

隘路《あいろ》がさらに狭くなって、膣壁がフェルナンドの昂《たかぶ》りにぴたりとくっつく。熱塊《ねっかい》に吸いついて離れない蜜壺の感触が気持ちよくて、彼は耐え切れず腰を動かし始めた。

「あ、あぁっ、ン、だめ……っ、ふぁ」

下から緩《ゆる》く突き上げると、イリスの胸が上下してフェルナンドの胸板に擦《こす》れる。

繋がった場所から溢れて自分の下腹を濡らす蜜が、ちゅぷちゅぷと音を立てているのが、いやらしい。

「はぁ……すごいな、こんなの……どうやって耐えたらいいんだろうね」

まだ挿入して間もないというのに、せり上がってくる射精感。

こんなふうに余裕がなくなるなんて、初めてだ。

自分から仕掛けた悪戯《いたずら》に困っているのは自分のほうだという事実を、幸せに感じる。

フェルナンドは彼女を抱きしめたまま、身体を前方へ倒す。イリスの手を——指を絡めてシーツに縫いつけ、腰を振った。

「ああっ、フェルナンド様」

イリスが自分の名を呼び、手を握り返してくれる。

期待してもいいのだろうか。

「イリス……イリス、イリス」

フェルナンドは何度も彼女の名を呼びながら、彼女の最奥を穿《うが》った。

真っ白な絶頂を目指して、何度も何度も……

まとわりつく蜜が熱い。

フェルナンドを咥《くわ》え込む中の壁も、握った手も、彼を見つめてくれるイリスの瞳も熱くて、全身が溶けてしまいそうな感覚に襲われる。

「あ、あぁん……やぁ、あ、あッ」

無垢《むく》な少女が艶《あで》やかに喘《あえ》ぐ。

昨夜まで男女の交わりなど知らなかった彼女の白い肌に赤く染みをつけたのは、他でもないフェルナンドだ。

自分の下で、女性として花開く――その表情を見逃すまいと、フェルナンドは彼女から視線を逸《そ》らさず、夢中で腰を動かした。

白い肌に浮かぶ汗、眉根を寄せてうっすらと目を開ける妖艶な表情、そして赤い唇から漏れる声がだんだんとかすれていく様《さま》……すべてがフェルナンドのもの。

「あぁ……フェルナンド、様」

手に入れた――

「っく……」

「あぁ――っ！」

そう思った瞬間、耐え難い波に呑み込まれ、フェルナンドは呻《うめ》く。そしてグッと腰を彼女に押しつけた。

最奥でドクドクと脈打つ昂《たかぶ》りから、白い欲望が彼女に注ぎ込まれる。

それでも足りないとばかりに、彼は数回腰を揺すり、身体を震わせながらすべてを放った。

荒い呼吸をなんとか整えつつ、同じく呼吸を乱すイリスの胸の膨らみに唇を這《は》わせる。

「あぁ、や……ン」

尖った蕾《つぼみ》にちゅぷっと吸いつくと、彼女の身体が大げさなほど跳ねた。

絶頂を迎えて敏感になっているらしい。

まだフェルナンドを咥《くわ》え込んだままの膣内も貪欲《どんよく》にオスを求めて蠢《うごめ》いた。

しかし、これ以上は本当に止まれなくなってしまう。

「イリス……ごめんね、無理させた」

「んっ」

名残《なごり》惜しいが、彼女の中から抜け出して、再び小さな身体に覆《おお》いかぶさる。

汗で肌に張りついた髪を除け、額《ひたい》や頬にキスを落として謝ったが、本当はあんまり悪いと思っていなかった。

「フェルナンド様……」

「ふふ。そうやって、ぼんやりするのは僕の前だけだよ？　僕は蛇さんだけど、他の男の中には狼さんもいるんだから」

「そう、なのですか？」

ぼんやりとしたまま不思議そうにしているイリスは、もしかしたら、フェルナンドのように動物に変身できる人間がたくさんいるのだと勘違いをしているのかもしれない。

他の男は狼になるからと言えばイリスはフェルナンド以外には近づかなくなるかも……それはそれで、フェルナンドにとっては好都合だ。

どちらにしろ、彼女に他の男を近づけるつもりはない。

「うん。だから、蛇さんの僕のそばから離れてはいけないよ」

「はい」

頬を撫《な》でつつ諭《さと》すと、イリスはふにゃりと笑って頷いた。

蛇さんに絶対的信頼を寄せる彼女が愛《いと》しくてたまらない。

フェルナンドは朝日が差し込み始めた窓のほうをチラリと見て、こっそりほくそ笑む。もうすぐ侍女とセシリオがフェルナンドの部屋へやってくる。

寝室で仲睦《なかむつ》まじい様子を見せ、侍女には噂を広めてもらう。そして、セシリオには妹離れをしてもらわねばならない。

そんなことを考えていると、やがて部屋の扉がノックされる。フェルナンドはいつも通り侍女を招き入れた。

「おはようございます。フェルナンド様」

「おはよう。着替えなんだけど、急いでイリスが着られそうなドレスを持ってきてくれる？」

「まぁ……はい。かしこまりました」

侍女はベッドでうとうとしているイリスの姿と脱ぎ捨てられたドレスを見やり、驚いた様子だったが、すぐに頭を下げて部屋を出ていく。

それからしばらくして、デイドレスを持ってやってきた彼女は、何人かの侍女を伴っており、イリスの身だしなみを整えてくれた。

イリスはまだぼんやりしたままだったけれど、風呂へ入り、ドレスを着ると目も覚めたようだ。

フェルナンドが身支度を整える頃には、ソファに座ってお茶を飲んでいた。

「イリス」

「あっ、フェルナンド様……」

彼の姿を見てポッと頬を桃色に染める彼女は、昨夜から今朝にかけての出来事を思い出して照れているらしい。

男女の睦言《むつごと》に疎《うと》くとも、自分がそれを体験すれば、さすがにこの関係が「お友達」を超えていることを理解しているだろう。

それに、フェルナンドは昨夜、プロポーズもしている。

隣に腰を下ろすと、恥ずかしさからかもじもじした後、イリスはほうっと息を吐き出してフェルナンドに向き直った。

「あの、フェルナンド様、父のことが心配なので、会いに行きたいのですが」

「ああ、そうだね。じゃあ、朝食を一緒に食べよう」

昨日具合の悪かった父親を心配するイリスは、やはり心優しい娘だ。

「そのときに、君との結婚を承諾してもらえるよう話すよ」

「は、はい」

許可をもらえるようにという体《てい》で話してはいるが、イリスとフェルナンドの関係は、すでに認めざるを得ない状況だ。

昨夜のパーティを抜け出したことで、貴族たちは二人の行方を噂しているに違いない。さらに侍女に二人が寝室で一緒だったことを目撃させた。

完璧だ。

イリスの父とセシリオを黙らせてしまえば、こちらのもの。

彼女だって、蛇さんであるフェルナンドを慕ってついてきたのだ。無理やり奪ったわけではない。

(まぁ、ちょっとだけ卑怯な手だったかもしれないけど)

セシリオのようなヘマをするわけにはいかない。

イリスがフェルナンドを本当の意味で愛するようになるまでは、誰かが付け入る隙を作ってはいけないのだ。

だから、フェルナンドは彼女を搦《から》めとる。何を利用しても、卑怯だと思われても。

(イリスは僕のものだ)

金色の綺麗な髪を梳《す》きつつ、彼女の額《ひたい》や頬、鼻の頭にキスを落とす。くすぐったそうに笑う純粋なイリスを離したくない。

じゃれあいつつ唇を重ねると、うっとりと身を任せてくれる可愛い人。

「イリス、好きだよ。閉じ込めてしまいたいくらい……」

誰にも見せたくない。自分だけのイリスでいてほしい。

こんなに強い独占欲は初めてだ――

＊＊＊

イリスの父親を説得した後。

フェルナンドはイリスを城の中庭へ連れてきていた。

ベンチに座ったイリスは、どこか浮かない表情でため息をつく。

「お父様、大丈夫でしょうか」

彼に手を引かれつつも、イリスは後ろを何度か振り返り、気がかりな様子を見せていた。終始青ざめた顔でフェルナンドの話を聞いていた父親を心配しているようだ。

「大丈夫だよ。父上も僕たちの結婚を承知してくれたじゃないか」

苦悶《くもん》の表情で『承知しました』と言っていた彼には、フェルナンドも少し同情するけれど。

フェルナンドに食べられてしまった娘の今後と王子の素行についての心配、娘を守りきれなかった不甲斐《ふがい》なさ……いろいろなことが彼の中で渦巻《うずま》いていたに違いない。

「そうですよね……でも、お兄様もお顔の色が優れないように見えました」

「きっと寝不足なんだよ。昨夜、一晩中警備の指揮をとってくれたからね。その代わり、今日は一日休みをあげたんだ。ゆっくり眠れば元気になるよ」

休みを与えたのは、イリスとの時間を邪魔されたくなかったからだし、人生最大のショックを受けた彼が暢気《のんき》に眠れるとは思えないが。

しかし、純粋なイリスは納得したようで「そうですね」と頷いた。

自分に向けられた笑みに、フェルナンドは彼女の肩を抱き寄せ、こめかみにキスを落とす。

「そう。だから、君は心配しなくていい。今は僕と一緒にいるんだから、僕のことを見て」

「フェルナンド様……あの、恥ずかしい、です……」

くすぐったそうに首を竦《すく》め、頬を染めるイリスが愛《いと》おしい。

「……可愛い」

「あっ、フェルナンド様」

薄く色づく頬にもキスをし、目元や鼻先にも唇をくっつけた。

そうしてじゃれ合っている二人に、春の風も戯《たわむ》れる。すると、イリスはくしゅんと可愛らしいくしゃみをした。

「イリス、寒い？　これを着てごらん」

随分暖かくはなったが、春の風は少し冷たい。

フェルナンドは上着を脱いで、彼女の肩にかけてやった。

「でも、それでは、フェルナンド様が寒くなってしまいます」

「僕は大丈──」

言いかけて、フェルナンドは口角を上げる。

とてもいいことを思いついた。

「そうだね。僕も寒くなってしまうから、温めてもらおうかな」

「え？」

イリスが首を傾げるのと同時に、ポンッと蛇の姿に変身する。イリスの膝の上に乗って、彼女の豊かな膨らみを伝い、ドレスと肌の境目へ。

「へ、蛇さん⁉　何を──ひゃっ」

驚くイリスの胸元へ、フェルナンドは顔を突っ込んだ。

コルセットで締めつけられているその場所に潜《もぐ》るのは、かなり大変だ。しかし、フェルナンドがぐいぐいと身体をねじ込むと、柔らかな膨らみは徐々に彼を受け入れる。

二つの膨らみの間で身体をくねらせ、なんとか頭を出すと、ホッと息が漏れた。シューッと音を立てつつ舌を出す。

見上げると、イリスは真っ赤になって自分の胸元を見下ろしていた。

「蛇さん……恥ずかしいです」

そうか細く呟《つぶや》く彼女に、フェルナンドは目を細める。

(ふふ。可愛いなぁ……)

以前、冬の庭園を訪れた蛇を、迷うことなくショールに入れてくれたことだってあるのに、こんなに恥ずかしがるなんて。

蛇がフェルナンドだと知ったからだろうが、彼女の反応は今までにないもので、フェルナンドは満足感に浸《ひた》っていた。

(温かいし、最高……ちょっと締めつけられるのも、すごくいいな)

今朝よりも窮屈《きゅうくつ》な場所だが、居心地は文句なしである。これからは、ここを蛇さんの特等席にしよう、とフェルナンドは密かに考えてチロッと舌を出した。

「……あ、温かいですか?」

羞恥《しゅうち》で瞳を潤《うる》ませつつも、フェルナンドが気持ちよさそうなのを見て、イリスは健気《けなげ》に聞いてくる。

寒いと言ったフェルナンドを心配しているに違いない。

(うん、幸せ)

顔を上下させて頷くと、イリスは頬を緩《ゆる》めた。

「私も、温かいです」

彼女はフェルナンドの上着の合わせをそっと両手で引き寄せて、包《くる》まるようにする。

フェルナンドはうとうとしながら彼女の胸の上に頭をペタリとくっつけた。春の風から守られ、イリスのふかふかの胸に挟まれているうちに、日頃の疲れも相まって眠くなってしまったのだ。

ここ数日は特に、執務に加えてイリスを招待したパーティのための根回しもあった。知らずしらずのうちに、緊張もしていたのだろう。

こうして穏やかな気持ちでイリスと過ごせる夢が叶った達成感が心地良い。

「蛇さん? まぁ……眠ってしまったの?」

動かなくなった蛇を心配してか、イリスが自分を覗きこむ気配を感じる。フェルナンドは半分ぼんやりした意識の中、ちょこっと頭を動かして答えた。

すると、頭を撫《な》でるイリスの指先を感じ、ますます眠りに引きずり込まれそうになる。

しかし——

「イリス!」

フェルナンドの至福のお昼寝タイムを邪魔する声は、シスコン護衛騎士のものだ。

（邪魔しないでよ……）

フェルナンドは寝たフリを決め込み、再びイリスの胸元に張りついた。

「お兄様、どうなさったのですか？　せっかくフェルナンド様からお休みをいただいたのですから、ゆっくり――」

「ゆっくりなどしてられん！　父上はショックで諦めてしまっているようだが、俺は違うぞ！　今からでもどうにかこの婚約を白紙にしなければ！　イリス、あの腹黒王子はどこに――ッ!?」

そこで、セシリオがひゅっと喉を鳴らした。

「き、きさ――フェルナンド様！　一体ここで何をなさっているのですか！」

「お兄様、蛇さん――えぇと、フェルナンド様は、私に上着を貸してくださったから、冷えてしまって……そ、それで、あの……」

さすがに、自分の胸元で温めている状況が普通ではないとわかるのだろう。イリスは蛇を胸に挟んでいる理由を、兄にうまく説明できず、もごもごと口ごもった。

「だからって、お前っ！　むっ、む、こ、こんなところに、男を挟んではいけない！」

（男を挟むって……そっちのほうが卑猥《ひわい》な表現じゃないの？）

セシリオが相当慌てているので、フェルナンドはその表情を見たくなり、うっすら片目を開けてみる。

「くっ、サッサとそこから出てください！」

目敏《めざと》くそれに気づいたセシリオが、蛇の頭を掴《つか》んでイリスの胸から引き抜く。強く掴《つか》まれて、両目と舌が飛び出てしまった。

「お兄様！　そんなに乱暴になさらないでください！」

それを見たイリスが悲鳴を上げて、セシリオから蛇を取り戻そうと引っ張り返す。

（ちぎれる……）

イリスは尻尾を思いきり引っ張り、セシリオは顔側を離そうとしない。

さすがにこのままでは身体が真っ二つになってしまう。フェルナンドはポンッと音を立てて人間の姿に戻り、二人の間に立った。

「セシリオ、僕はきちんとラングレー伯に許可をいただいた。イリスは僕の婚約者だ。イリスも、僕の妻となることを承諾している。そうだよね？」

そう言い、イリスの肩を引き寄せると、彼女は恥ずかしそうに俯《うつむ》きつつ「はい」と小さく肯定する。

「イリス……！」

泣きそうになって妹に縋《すが》ろうとするセシリオから彼女を奪うように抱き寄せ、フェルナンドは得意げに笑った。

「そういうことだから、これからもよろしくね。セシリオお義兄《にい》様。今日は、夜勤で疲れた身体をゆっくり休めてよ」

そのままイリスの肩を抱いて城へ歩き出す。

「待っ、お待ちください！　フェルナンド様！　イリス！」

必死に二人を追いかけてくるセシリオと、兄を気にしつつもフェルナンドから離れないイリス。

彼女が自分の隣を選んでくれたみたいで嬉しい。

フェルナンドは抱いていたイリスの肩を離し、今度は小さな彼女の手を取る。すると、イリスはおずおずと上目遣いにフェルナンドを見上げ、その手を握り返す。

フェルナンドは人生の幸せを手に入れたのだった。

皐月もも（さつきもも）
埼玉県出身。2012年よりWebに小説を公開し、2015年「燃えるような愛を」で出版デビュー。趣味はフルート。

イラスト：八美☆わん

本書は、「ムーンライトノベルズ」（http://mnlt.syosetu.com/）に掲載されていたものを、改題、改稿、加筆のうえ、書籍化したものです。

蛇《へび》さん王子《おうじ》のいきすぎた溺愛《できあい》

皐月もも（さつきもも）

2018年4月15日初版発行

編集－黒倉あゆ子・羽藤瞳
編集長－塙綾子
発行者－梶本雄介
発行所－株式会社アルファポリス
〒150-6005 東京都渋谷区恵比寿4-20-3 恵比寿ｶﾞｰﾃﾞﾝﾌﾟﾚｲｽﾀﾜｰ5F
TEL 03-6277-1601（営業） 03-6277-1602（編集）
URL http://www.alphapolis.co.jp/
発売元－株式会社星雲社
〒112-0005東京都文京区水道1-3-30
TEL 03-3868-3275
装丁・本文イラスト－八美☆わん
装丁デザイン－ansyyqdesign
印刷－図書印刷株式会社

価格はカバーに表示されてあります。
落丁乱丁の場合はアルファポリスまでご連絡ください。
送料は小社負担でお取り替えします。

ISBN978-4-434-24539-8 C0093